pit vogt

17.12.

moderne märchen
auswahl

Idee, Design & Layout: Pit Vogt

Alle Stories sind frei erfunden

Impressum

Herstellung und Verlag:
BoD - Books on Demand, Norderstedt

ISBN: 9783751936187

Inhalt

Arbeitssuche

Ricks Arbeitgeber, eine kleine landwirtschaftliche Firma, musste Insolvenz anmelden, und niemand bekam mehr Gehalt. Und so kam es wie es kommen musste – alle wurden arbeitslos! Bei Rick war es beinahe doppelt so schlimm. Er besaß einen kräftigen Stier namens Pedro, den er wirklich sehr liebte. Immerhin hatte er das treuherzige Tier vor drei Jahren von seinem Opa, der in Spanien lebte, geschenkt bekommen. Als der alte Mann dann starb, versprach im Rick am Sterbebett, das er stets gut auf Pedro aufpassen würde und er auch immer ausreichend Futter bekäme. Nur die kleine Farm, welche der Großvater besaß, konnte Rick nicht bewirtschaften. Sie stand fortan leer und gammelte vor sich hin, weil sich kein Käufer für sie fand.

Und was war mit Rick? Der wusste nicht einmal, wie er seinen eigenen Magen füllen konnte. Die Stütze reichte gerademal für eine einzige spärliche Mahlzeit am Tag und die Auslagen für die Fahrten zu potenziellen Firmen, die ihn dann doch nicht einstellen wollen, weil er mit 45 Jahren schon viel zu alt war. Niedergeschlagen stand er schließlich vor Pedros winziger Einfriedung seines noch viel winzigeren Hauses und weinte bitterlich. Er hatte einfach keine Idee, wie er Opas Stier durchbringen sollte. Und so stieg er die Treppen nach oben und wollte einen Tierpark anrufen, um seinen besten Freund dorthin zu verkaufen. Als er das dicke Telefonbuch aufschlug, fiel ihm eine große Anzeige auf. Darin warb eine Lottogesellschaft, doch endlich wieder einmal Lotto zu spielen. Rick zählte seine drei Groschen zusammen und fand, dass er als letzten Ausweg diese Möglichkeit nutzen könnte. Das Geld reichte gerade so und schon warf er sich seine Jacke über, um zur Lotto-Annahmestelle zu gehen. Der Tag war schön und der Ladenbesitzer zog ein freundliches Gesicht. Vielleicht würde ja doch alles wieder gut, so dachte es sich Rick und nahm seinen neuen Lottoschein fest an sich.

Wieder daheim bereitete er Pedro das Abendessen zu und setzte sich vor sein Fernsehgerät. Genüsslich öffnete er die letzte Flasche Bier und harrte der Lottozahlen, die da kommen mochten. Die Sendung begann und eine Zahl nach der anderen wurde gezogen. Und es war wie ein Wunder, eine Zahl nach der anderen war richtig! Rick konnte sein Glück kaum fassen! Er hatte tatsächlich gewonnen und würde vermutlich Millionen bekommen! Voller Glück leerte er die Bierflasche und legte den Lottoschein vor sich auf den Tisch. Schnellstens wollte er zu Pedro, um ihm die wundervolle Nachricht zu überbringen. Und selbst der Stier schien sich zu freuen; er schnaubte und scharrte mit seinen Vorderhufen auf dem Steinfußboden des engen dunklen Kellerraumes. Als Rick jedoch wieder oben in seinem Wohnzimmer eintraf, war der Lottoschein verschwunden. Verzweifelt suchte er beinahe das gesamte Haus ab, doch der vermaledeite Schein war nirgends mehr zu finden. Schon den Tränen nahe, wusste sich Rick einfach keinen Rat mehr und sank kraftlos zu Boden. Nun schien wohl alles zu Ende und er würde wohl oder übel seinen geliebten Pedro verkaufen müssen.

Todtraurig legte er sich ins Bett, und schlief doch einfach nicht ein. Und es war ganz seltsam – aber aus der anfänglichen Lethargie wurde grenzenlose Wut und abgrundtiefer Hass. Warum nur ging das Schicksal so rüde und gemein mit ihm um? War er nicht immer nett zu den anderen Menschen, und hatte er nicht viel zu oft verlieren müssen? Stand ihm nicht endlich eine angemessene Belohnung für all die vielen miesen Jahre seines erfolglosen Lebens zu? Zu allem entschlossen nahm er sich vor, gleich am nächsten Morgen zu seiner Beraterin auf dem Arbeitsamt zu gehen, um sich irgendeine Arbeit zu erbetteln. Gedacht, getan! Am nächsten Morgen stand er schon sehr früh auf und wollte sofort loslaufen. Doch da fiel ihm sein armer Freund Pedro ein. Der stand sicherlich traurig im Keller und litt. Eine verwegene Idee schoss Rick durch den Sinn … Pedro sollte mit ihm kommen, damit die Beraterin sah, wie dringend sein Fall war. Und so holte er den noch schlaftrunkenen Stier aus dem Keller und band ihm einen langen Strick um, damit er auch nicht entwischen konnte. Mit großen Augen starrten die Leute Augen hinter ihm her, denn einen Mann, der mitten auf der Straße einen Stier mit sich führte, hatten sie wohl noch niemals zu Gesicht bekommen. Und Pedro lief artig hinter Rick her und schnaufte nicht einmal. Vor dem Arbeitsamt allerdings standen zwei schlecht gelaunte Wachleute mit Gummiknüppeln und wollten Rick nicht durchs Tor lassen. Als der eben noch gutmütige und sanft dreinschauende Pedro wütend mit seien Hufen scharrte, sprangen die Wachen erschrocken beiseite und ließen die beiden sonderbaren Gäste hindurch. Rick dachte gar nicht daran, seinen Stier irgendwo vor dem Gebäude anzubinden. Vielmehr wollte er seiner Beraterin deutlich machen, wie wichtig die Angelegenheit war, wie dringend er einen Job brachte. Außerdem wollte er der nicht immer freundlichen Dame sozusagen am lebendigen Objekt klarlegen, dass er noch für jemand zu sorgen hatte.

Auf den Fluren des Amtes herrschte reger Betrieb. Dutzende Menschen mit mehr oder weniger frustrierten Gesichtern liefen auf und ab. Als sie Rick mit seinem Stier Pedro kommen sahen, versteckten sie sich rasch hinter den Aushängen mit den schlecht bezahlten Aushilfsjobs und trauten sich nicht mehr hervor. Rick und Pedro schritten zielsicher bis zum Zimmer der Vermittlerin, und Rick zog ganz brav eine Nummer. Geduldig warteten die beiden, bis die Nummer aufgerufen wurde und traten schließlich ein. Die Arbeitsberaterin Lissy Hubert erschreckte sich beinahe zu Tode. Sie hatte ja schon vieles erleben müssen, aber einen Mann mit einem Stier, nein, das war selbst ihr noch niemals untergekommen. Mit zittrigen Händen griff sie zum Telefonhörer und wollte den Sicherheitsdienst, der längst schon auf der Suche nach den beiden ungebetenen Eindringlingen war, zu sich rufen. Doch da schnaubte Pedro derart heftig, dass die arme Lissy vor Schreck den Telefonhörer fallen ließ und sich hinter ihrem Stuhl verkroch. Rick erkundigte sich energisch nach einem Job, doch Lissy winselte nur hilflos hinter ihrer vermeintlichen Barrikade herum und meinte, dass sie keinen anzubieten hätte. Nicht einmal Ricks Flehen, doch unbedingt eine Arbeit zu bekommen, half etwas. Der leicht vibrierende ängstliche Ton der Vermittlerin und die Tatsache, dass er noch immer nichts zum Frühstück bekommen hatte, ließen Pedro erzürnen. Er schnaubte und schniefte immer lauter, scharrte fürchterlich mit seinen Vorderhufen, sodass sich die Auslegeware kringelte und ging zum offenen Angriff über. Schon hatte er die Hörner in Richtung >Lissy< gerichtet, da wurde die Tür aufgerissen. Mehrere Sicherheitsbeamte stürmten herein und wollten sich auf Rick stürzen. Lissy hatte sich unterdessen aufs Fensterbrett hinter ihrem Schreitisch retten können, wollte hinaus auf den Sims klettern, da sprang Pedro auch schon wutentbrannt auf die Sicherheitsleute zu. Die konnten gerade noch rechtzeitig aus dem Zimmer flüchten. In der Zwischenzeit war Lissy laut stöhnend auf ihrem Fenstersims eingetroffen und stellte erschüttert fest, dass der erste Stock wohl doch etwas zu hoch für sie sei. Sie wollte zurück ins Zimmer, doch da stand Pedro und schnaubte und scharrte wie sonst nie. Rick versuchte, seinen Stier zu beruhigen, doch es war vollkommen aussichtslos. Pedro kannte kein Halten mehr und nahm nun die arme Lissy aufs Korn. Die versprach in allerletzter Not, Rick doch noch irgendwo unter zu bekommen. Aber da sprang Pedro auch schon auf ihren Schreibtisch und brachte sämtliche Akten von all den verschobenen Arbeitsstellen, und die vermeintlichen Sexzeitschriften, welche Lissy heimlich in der Pause durchforstete, weil sie das Alleinleben endgültig satthatte, durcheinander. Die Unterlagen flogen durch die Luft und die >Stütze-Ablehnungs-Bescheide< vermischten sich dreist mit den Pornobildern junger knackiger Männer. Doch noch etwas anders segelte durch die Luft geradewegs an Ricks Nase vorüber: ein Lottoschein. Und als Rick den Schein ergriff und neugierig betrachtete, stellte er fest, dass es sein eigener Schein war, den er daheim so lange gesucht hatte. Schnell rief er Pedro zurück und sprang vor lauter Glück auf und nieder. Als Pedro sein eben noch trübsinnig daherschleichendes Herrchen so glücklich umherspringen sah, wurde auch er wieder ruhig und leckte Rick zufrieden übers Gesicht. Die beiden verließen schließlich schnellstens das Büro der Vermittlerin und liefen eiligst nach Hause. Verfolgt wurden sie nicht, denn die Sicherheitskräfte hatten sich längst aus dem Staub gemacht.

Im Fernsehen wurden gerade die Gewinnquoten bekannt gegeben. Es stellte sich heraus, dass Rick etliche Millionen gewonnen hatte. Davon bezahlte er die neue Büroeinrichtung seiner Arbeitsvermittlern, die ihm vor lauter Dankbarkeit eine neue Arbeitsstelle versprach. Außerdem verkaufte er sein winziges Haus und wanderte mit seinem Freund Pedro nach Spanien aus. Er wollte die alte Farm seines Großvaters wieder flottmachen und fortan ein ruhiges Leben führen.

Nach kurzer Zeit hatte er aus der alten Farm eine florierende Arena gezaubert, wo allwöchentlich die spannendsten Stierkämpfe stattfanden. Er wurde steinreich durch die Einnahmen aus den Kämpfen, und Pedro, der von allen Stierkämpfen ferngehalten wurde, bekam einen richtig großen Stall, ganz für sich allein. Eines Tages erhielt Rick einen Brief vom Arbeitsamt seiner ehemaligen Stadt. Dort hatte man offenbar versäumt, seinen Namen aus der Kartei zu entfernen. Die Arbeitsvermittlerin teilte ihm mit, dass man endlich einen Job für ihn gefunden hatte: Als Torero in einer Stierkampfarena, gleich hinterm Arbeitsamt!

Blizzard

Plötzlich war die Fahrt zu Ende! Irgendwo draußen, auf einem kleinen vergammelten Bahnhof in der Nähe von „Indians-Place". Ich stand auf dem Bahnsteig und wartete nun schon stundenlang auf meinen Zug. Aber er kam nicht. Dafür zog ein heftiger Schneesturm auf. Ich rettete mich ins Innere des Bahnhofsgebäudes. Und es half nichts, ich musste es mir in dem zugigen Bahnhofsgebäude so bequem wie möglich machen. Obwohl ich wirklich sauer war, nun nicht mehr weiter zu kommen, arrangierte ich mich schnell mit dem Gedanken, in diesem alten Bahnhof am Rand der Zeit übernachten zu müssen. Denn vor dem nächsten Morgen würde kein Zug mehr fahren. Mein mittlerweile einziger Gedanke kreiste nur noch um dieses wackelige Gebäude. Hoffentlich hielt es dem immer heftiger tobenden Sturm stand. In wenigen Tagen war Heiliger Abend, und das Schneegestöber dort draußen gewann derart an Heftigkeit, dass es diverse Gegenstände, wie Schaufeln und Schilder durch die Luft trieben. Es pfiff durch alle Ritzen und ich staunte, wie viele es doch waren. Und trotzdem ich eine warme Jacke angezogen hatte, fror es mich ganz erbärmlich. Ich machte es mir auf einer hölzernen Bank, die wohl schon hundert Jahre zählen mochte, bequem. Plötzlich wurde die Tür aufgestoßen und ich bekam einen fürchterlichen Schreck. Ich dachte, dass der Sturm die Tür aufgebrochen hatte. Doch glücklicherweise war es nicht so und ein fremder Mann betrat fröstelnd die kleine Halle. Er klapperte derart laut mit seinen Zähnen, dass ich mir schon Sorgen um seinen Gesundheitszustand machte. Doch er winkte lachend ab und meinte, dass er keinen anderen Ort mehr gefunden hatte, um sich vor dem aufziehenden Sturm zu schützen. Da wir an diesem Abend wohl keinerlei Gäste mehr zu erwarten hatten, stellten wir uns gegenseitig vor. Er hieß Danny und kam aus einer Ortschaft, die wohl nicht sehr weit entfernt sein musste. Er kam mit dem Auto und konnte nicht mehr weiterfahren. Das alte Bahnhofsgebäude schien auch ihm irgendwie der rechte Schutz vor dem Sturm zu sein.

Wir kamen schnell ins Gespräch und ich erzählte ihm von meinem Ausflug in diese Gegend. Ich war auf Recherche und wollte ausgerechnet eine Reportage über vergessene Ortschaften schreiben. Nun kam ich selbst in die Lage, in solch einer vergessenen Situation festzusitzen. Doch Danny schien ein lebenslustiger Mensch zu sein. Er meinte, dass zu Hause seine Frau Emily und sein kleiner Sohn Glenn auf ihn warteten. Vor einer halben Stunde aber brach der Kontakt ab und sein Handy bekam keinen Empfang mehr. Ich versuchte, mein Handy flott zu bekommen, doch auch das funktionierte nicht. Es schien, als wären wir beide regelrecht von der Außenwelt abgeschnitten. Draußen musste die Hölle los sein. Es pfiff und rauschte derart laut, dass wir Mühe hatten, unsere Worte zu verstehen. Außerdem brach der Sturm andauernd irgendein Fenster auf und wehte Unmengen an Schnee in die Schalterhalle. Auf dem Bahnsteig waren schon lange keine Gleise mehr zu erkennen. Stattdessen türmten sich so langsam meterhohe Schneewehen dort auf. Mir wurde schon bange, wohl auch am folgenden Tage nicht mehr hier wegzukommen. Danny schien meine Besorgnis zu bemerken. Er bot mir an, mich bis in die nächste Stadt mitzunehmen. Er musste wie ich nach Norden fahren und konnte mir vielleicht ein Stück Weg abnehmen. Doch diesen Vorschlag musste er wohl oder übel doch noch einmal überdenken, denn auch die Straße sah nicht besser aus als das Gleis am Bahnsteig. Auch dort türmten sich meterhohe Schneewehen und es würde wohl Tage dauern, bis sich jemand bis hierher durchgekämpft hätte. Gemeinsam schoben wir die Sitzbank vor die Eingangstür, um dem Sturm die Möglichkeit zu verwehren, weitere Schneemassen hinein zu pusten. Die Heizkörper funktionierten nicht und uns blieben wirklich nur unsere Kleidung und unsere hitzigen Gedanken, dass es uns etwas angenehmer wurde. Danny erzählte, dass er noch immer keinerlei Weihnachtsgeschenke für die Familie dabeihatte. Und es war ganz seltsam, wir unterhielten uns plötzlich über unsere Erlebnisse, die wir früher an Weihnachten hatten, als wir selbst noch Kinder waren. Es stellte sich heraus, dass Danny in meinem Alter war, und nun verband uns so manche Erinnerung. Plötzlich wurde es stockdunkel. Erschrocken hielten wir den Atem an und harrten sekundenlang den Dingen, die da kommen mochten. Doch es kam nichts! Was war geschehen? Danny fasste sich als erster und schaute durch die kleine Glasscheibe in der Eingangstür. Umständlich, weil er nichts sehen konnte, schob er die Sitzbank beiseite und wollte zu seinem Fahrzeug. Vor dem Eingang jedoch hatte sich eine mannshohe Schneedüne aufgehäuft, die das Licht nicht in den kleinen Wartesaal ließ. Allerdings war es ohnehin bereits Abend geworden, sodass es auch draußen bereits dämmerte. Der Sturm war derart stark, dass Danny kaum vorankam. Er brauchte einige Zeit, bis er seinen Wagen, der eigentlich gleich vor dem Eingang parkte, fand. Er wollte eine Taschenlampe holen. Ich versuchte unterdessen, einen Lichtschalter zu finden. Als ich endlich einen entdeckte und ihn betätigte, reagierte nichts. Also war auch der Strom ausgefallen. Mir schwante bereits, dass das kein gutes Zeichen sein konnte. Als

Danny zurückkehrte, schoben wir schnellstens die Bank vor die Tür und Danny klopfte sich erst einmal den Schnee von seiner Kleidung. Als wir wieder auf der Bank saßen und im schwachen Licht der Taschenlampe von heißem Kaffee und einem belegten Brötchen träumten, knisterte es plötzlich zwischen den krachenden Sturmböen, die fortwährend gegen das kleine Bahnhofsgebäude prallten. Wir konnten uns die Herkunft dieses seltsamen Geräusches, welches so gar nicht zu dem Gepolter des Blizzards passte, erklären. Doch plötzlich schaltete sich das Licht wieder ein und ein alter Mann stand mitten in der Schalterhalle. Zwar erschraken wir, doch der Gedanke, nicht so ganz allein in dieser kalten Halle ausharren zu müssen, ließ uns alles andere schnell vergessen.

Der Alte klopfte sich prustend den Schnee von seiner Jacke und ich fragte ihn, wie er durch die versperrte Eingangstür gekommen sei. Er antwortete jedoch nicht auf diese Frage, hustete mehrmals und sagte dann: „Ein Mistwetter! Ausgerechnet jetzt, kurz vor Weihnachten. Hoffentlich hört das bald wieder auf."

Danny warf mir einen vielsagenden Blick zu. Er war sich wohl genau wie ich nicht so ganz sicher, woher der Alte wirklich gekommen war. Denn die Fenster waren vom Schnee versperrt, und draußen vor dem Gebäude gab es ebenfalls keinerlei Wege mehr, die man hätte passieren können. Stöhnend nahm der Alte neben uns Platz. Nun waren wir schon drei und ich freute mich, dass er aus seinem kleinen Rucksack, den er bei sich führte, eine Thermoskanne herauszog. Ohne viele Worte zu verschwenden, goss er ein und reichte den Becher an uns weiter. Es war eine Wohltat, den heißen Kaffee herunter zu schlürfen. Wir fühlten uns gleich wesentlich lebendiger, auch wenn uns klar wurde, dass dieser Zustand nicht anhalten würde.

Denn vor uns lagen noch eine stürmische eiskalte Nacht und ein ebenso ungastlicher Morgen. Nur wie sollten wir uns daraus befreien? Der alte Mann wusste auch keinen Rat und sprach andauernd über Weihnachten und von den verschneiten wunderschönen Winterwäldern. Ich konnte seine Gelassenheit überhaupt nicht verstehen und machte ihm das auch deutlich. Und ehe ich mich versah, befanden wir uns auch schon in einem angeregten Gespräch über unser Leben und unsere Sorgen. Auch in mir kam so viel hoch, was ich glaubte, längst vergessen zu haben. Dieser lange Weg zur Selbsterkenntnis und die vielen Umwege, die ich so gegangen war, um endlich zu mir selbst zu finden. Das nur, um am Ende festzustellen, dass ich doch noch lange nicht am Ziel meines Weges angekommen war. Der Alte wunderte sich über die vielen unterschiedlichen Wege, die wir so hinter uns hatten. Er meinte, dass es gar nicht so schlimm sei, so viele verschiedene und vollkommen unterschiedliche Wege hinter sich gebracht zu haben. Nur so könnte man die Welt in ihren unterschiedlichen Facetten und Formen kennenlernen. Nur so würde man lernen, richtig zu leben. Dabei käme es nicht darauf an, wie alt man dabei würde. Und gerade ich hatte große Probleme bei dem Gedanken, immer älter zu werden, und dabei vielleicht nie den Stein der Weisen gefunden zu haben. Der alte Mann jedoch sagte nur: „Es ist nicht wichtig, wie alt man wird, um eine Erkenntnis zu bekommen. Es ist wichtig, dass man überhaupt eine Erkenntnis hat. Das allein rechtfertigt schon, richtig leben zu können. Und da ist das Alter nicht wesentlich. Manchmal ist es sogar besser, älter und erfahrener zu sein, damit man diese Erkenntnisse auch ebenso richtig anwenden kann." Danny nickte zustimmend und erzählte ihm von seiner Frau und seinem kleinen Sohn. Und irgendwie schien der Alte gar nicht verwundert zu sein. Er hatte es wohl erwartet, dass Danny Familie hatte. Doch sollte er es ihm wirklich angesehen haben? Ich konnte mir das einfach nicht vorstellen und fragte ihn auch nicht danach. Mir war furchtbar kalt und ich wollte weiterfahren. Ich wollte nach Hause, doch mir war bewusst, dass das nicht ging. Plötzlich sagte der Alte, dass der Blizzard bald aufhören würde. Außerdem müsste er unbedingt weiter. Es wäre dringend, meinte er. Mit den Worten: „Der Sturm wird bald vorbei sein, Ihr dürft nur die Hoffnung nicht aufgeben. Euch und Euren Familien gesegnete Weihnachten", stand er auf. Und noch bevor wir ihm die gefährliche Situation da draußen klarlegen konnten, verschwand er. Gleichzeitig fiel erneut der Strom aus. Nun saßen wir wieder im Dunkeln. Wir hatten nicht bemerkt, an welcher Stelle er hinausgegangen war. Doch eines hatte er wohl vergessen, seinen Kaffee! Die Thermoskanne stand auf der Bank und es befand sich tatsächlich noch ein Rest Kaffee darin. Wir machten uns große Sorgen. Was wäre, wenn er den Weg nicht finden konnte? Danny lief zur Tür. Doch er konnte nichts sehen. Draußen tobte noch immer dieser heftige Schneesturm, und die Schneedünen vor Türen und Fenstern waren unüberwindlich hoch. Es war alles sehr seltsam, doch wir wurden plötzlich derart müde, dass wir schließlich auf der Bank einschliefen. Stunden mochten vergangen sein, als ich endlich wach wurde. Ich schaute auf meine Uhr, sie zeigte 9 Uhr. Doch in der kleinen Schalterhalle war es noch immer stockdunkel. Danny war bereits wach und versuchte, den Schnee von den Fenstern zu entfernen. Doch dazu musste er erst einmal ein Loch in die Schneehaufen bohren. Ich stand auf und schob die Bank weg von der Tür. Als ich die Tür öffnete, stand ich vor einer riesigen Schneewand. Ich rief Danny und bat ihn mir zu helfen, ein Loch in die Schneebarrikade zu schürfen. Glücklicherweise hatten wir dicke Handschuhe dabei, so schmerzte es nicht so sehr in den Fingern. Irgendwann hatten wir einen schmalen Durchgang geschaffen und erblickten voller Freude das Tageslicht. Es blendete sehr stark und es dauerte eine Weile, bis sich die Augen an das grelle Sonnenlicht gewöhnt hatten. Als wir endlich draußen standen, erkannten wir unsere ausweglose Situation. Doch plötzlich ertönte ein lautes Brummen über uns. Wir schauten nach oben und sahen, wie ein Hubschrauber über dem Bahnhofsgebäude kreiste. Offenbar hatte uns bereits irgendjemand vermisst. Die Tür des Hubschraubers wurde geöffnet und jemand rief herunter: „Hallo, wir lassen jetzt eine Strickleiter zu Ihnen hinunter! Klettern Sie daran hoch! Wir kommen noch ein Stück runter! Trauen Sie sich das zu?" „Ja, das geht", entgegnete ich und Danny holte schnell seine Sachen aus dem Gebäude. Mühsam hangelten wir uns an der wackeligen und ständig nach allen Seiten schwingenden Strickleiter nach oben. Dort wurden wir von zwei kräftigen Männern in Empfang genommen. Atemlos lagen wir auf dem Boden des Hubschraubers und wussten gar nicht, wie uns geschah.

Später erfuhren wir, dass der Hubschrauber von einem fremden Mann gerufen wurde. Wir wussten sofort, wer das war, es war der sonderbare alte Mann! Als Danny Tage später sein Fahrzeug holen konnte, staunte er nicht schlecht. Das ganze Auto war über und über mit Weihnachtsgeschenken vollgestopft. Er konnte es nicht fassen und konnte sich erst recht nicht erklären, wie der Alte das alles zustande bekommen hatte. Aber auch ich bekam noch meine Überraschung. Am Vormittag des Heiligen Abend erhielt ich eine Postsendung. Darin war ein Bildband über die Gegend, über welche ich eine Reportage schreiben wollte. Sogar das alte Bahnhofsgebäude, in welchem wir festsaßen, war dabei. Meine Freude war riesengroß. Nur vermisste ich einen Absender auf dem Paket. Dem wunderschönen Bildband lag eine kleine Weihnachtskarte bei und über einer Widmung hatte man einen lustigen Weihnachtsmann abgebildet. Ich erkannte ihn sofort! Es war dieser rätselhafte alte Mann!

Der kleine Fuchs

Ihm war eigentlich recht gesund. Zumindest sagte man ihm das immer wieder. Doch seit einiger Zeit, als die Schweißperlen wie ein heiliger Rosenkranz um seine Stirn prangten, als die flotten Ausreden dominierten, mal nicht jede Nummer im Bett auszuprobieren, als eben alles ein wenig anders zu werden schien, dachte er gehäuft über sein Leben nach.

Die Fünfzig gerade überschritten, spürte er tiefe Ängste und ein gewisses Vibrieren in seinem eigentlich recht widerstandsfähigen Körper. Er ging zum Arzt und hörte mit Schaudern, dass er unter Depressionen litt. Eigentlich konnte das doch gar nicht sein. Hatte er seinen Job in der Werbeagentur nicht äußerst erfolgreich ausgeführt, und war er nicht mit der allerhöchsten Gehaltssonderklasse ausgezeichnet in einen neuen besser gestellten Lebensabschnitt hinübergeglitten? Er wusste es nicht und fühlte sich plötzlich schwach und irgendwie hilf- und sprachlos.

Nichts wollte ihm mehr richtig von der Hand gehen, und als sein Chef, ein spindeldürrer angegrauter Mittdreißiger plötzlich fand, dass Tim, sein eigentlich bestes Pferd im Stall, ein wenig zu viel Schweißperlen in seinem sonst ziemlich harmlos wirkenden Gesicht mit sich trug, wusste er einfach nicht mehr weiter. Die Kündigung kam so plötzlich wie ein Hagelschlag im Sommer! Sie warf Tim vollends aus der Bahn. Wie sollte es nun weiter gehen? Wovon sollte er seine Kredite weiter bedienen. Und wie sollte er seinen geliebten Sportwagen zuverlässig abstottern, wenn das Geld zukünftig ausblieb? Er wusste es nicht und lag fortan nächtelang wach. Eines Morgens hatte er schließlich die Lösung. Wohl waren es diese übermächtigen, nagenden Ängste, die ihn nicht mehr daheim aushalten ließen und so ließ er sich kurzerhand in eine psychiatrische Klinik einweisen. Er wollte einfach wissen, wie es mit seinem Körper und mit seinem Geiste stand. In der Klinik lernte er erstmals seinen gesamten Leib so richtig kennen. Auch, wenn ihm viele Dinge noch immer ziemlich unklar erschienen, wusste er immerhin, wie er weiter machen konnte. Eigentlich war es leicht, denn die vielen Therapien und die Spaziergänge, die er sich mehrmals täglich selbst verordnete, halfen ihm, den rechten gesundheitlichen Weg zu beschreiten. Es war eine starke Bronchitis, die ihn dann doch wieder nach Hause trieb. Er schwor sich, nach dieser Erkrankung die Therapien im Krankenhaus fortzusetzen. Doch als er endlich wieder klar sprechen konnte, ohne sich gleich umzustülpen, weil seine Bronchien das so wollten, fühlte er sich etwas stärker und wollte schnellstens wieder loslegen. Allerdings ging das nur eine kurze Weile. Und als drei Jahre und drei Nächte vorüber waren, fühlte er sich erneut ausgebrannt und am Ende aller Lebenszeiten. Mehrmals und immer wieder setzte er sich mit den Ärzten im Krankenhaus in Verbindung. Doch die wollten aus unerfindlichen Gründen nichts mehr von ihm wissen und schwiegen. Nicht einmal ein Therapeut seiner kleinen Stadt wollte sich seiner annehmen. Sie wollten nur etwas tun, wenn Tim genügend Bargeld vorschoss. Natürlich konnte das der arme Fünfziger nicht. Und so blieb ihm sämtliche medizinische Hilfe versagt. Als Kassenpatient hatte er in seiner Stadt nichts auszurichten. Nicht einmal die Rettungsstelle seines Krankenhauses konnte ihm da helfen. Er war einfach zu arm, um die notwendige Hilfe zu erhalten. Unter einem Vorwand und unter Vortäuschung falscher Tatsachen, bekam er dann doch einen Therapeuten Termin in einer recht zweideutigen Praxis. Der geldgierige Therapeut schrieb eine Rechnung nach der anderen. Und Tim tat so, als wollte er sie in Kürze begleichen. Immerhin erschlich er sich auf diese Weise dreizehn Therapiestunden. Doch dann war endgültig Schluss. Denn der käufliche Therapeut kam dahinter, dass Tim nur Kassenpatient war und sagte die noch ausstehenden Therapiestunden kurzerhand und eiskalt ab. Tja, da stand also Tim hilflos in seinem Elend und keiner wollte ihm mehr helfen. Ein letzter verzweifelter Besuch im Krankenhaus, wo er einst die besten Therapien erhielt, blieb erfolglos und so zog er sich immer mehr zurück. Sollte es denn wirklich keine Hilfe mehr für ihn geben? Sollte er wirklich mutterseelenallein in irgendeiner Ecke seines schiefen Lebens verenden? Nicht einmal einen Job hatte er mehr, und in seinem Alter war man doch mehr tot als lebendig. Noch niemals vorher ging es ihm so schlecht wie in dieser unseligen Zeit. Nächtelang lag er wach und sann darüber nach, was er wohltun könnte, um die Situation doch noch zu retten. Seine Fantasien reichten von Selbstmedikation bis zum Ertrinken in irgendeinem See. Doch eine realistische Möglichkeit, seinem Leben doch noch einen Sinn geben zu können, fand er einfach nicht.

Eines Tages, als die Schweißausbrüche ihren jähen Höhepunkt zu erreichen schienen, als die Hitzewallungen kaum noch erträglich waren, warf er sich seine Jacke über und verließ fluchtartig seine kleine Wohnung. Er wollte hinaus in den Wald, um dort die frische würzige Luft des noch jungen Tages auf seine Seele wirken zu lassen.

Als er so zwischen den Bäumen umherirrte, bemerkte er einen kleinen Fuchs, der sich rasch zwischen den Sträuchern versteckte. Tim wollte ihm hinterherrennen, doch der einsetzende Regen, der schnell immer dichter wurde, versperrte ihm die Sicht. Er blieb stehen und lauschte. Das Rauschen des Regens verband sich magisch mit einem sonderbaren fremdartig erscheinenden Ton. Was konnte das nur sein. Plötzlich wich der Regen einem sonderbaren Leuchten. Tim erschrak, denn dieses Leuchten war nichts anderes als der kleine Fuchs. Er leuchtete wie ein Glühwürmchen und es schien, als ob die Regentropfen um ihn herum verschwanden. Doch nicht nur das seltsame Leuchten dieses kleinen Fuchses versetzte Tim in Erstaunen. Nein, es war dessen märchenhafter Gesang, diese wundervolle Aneinanderreihung mystischer Töne, die Tim in Erstaunen versetzte. Und als er anhob, um seinem inneren Drang zu folgen, mitzusingen, staunte er noch viel mehr. Eigentlich war er kein besonders guter Sänger, hatte damals in der Schule nie gute Zensuren erhalten für seinen falschen Gesang. Doch diesmal war es anders. Seine Stimme schien sich in die allerhöchsten Höhen hinaufzuschwingen, um dann wie ein Vogel mit brieten Schwingen auf den Boden herabzusinken. Und all das geschah mit den schönsten Tönen, die man sich nur vorzustellen vermochte. Und die beiden, der kleine Fuchs und Tim, der eben noch vollkommen ratlos durch den verregneten Wald geschritten war, sangen wie ein Duett einer fernen wundersamen Welt das Lied der besten Träume. Das Schauspiel dauerte ungefähr eine halbe Stunde, dann verschwand der Fuchs in einer Wolke aus silbernem Dunst und der Regen durchnässte Tim wie vor diesem sagenhaften Erlebnis bis auf die Haut. Tim allerdings fühlte sich nicht schlecht, wollte auch nicht heim, und er war auch nicht mehr so ratlos wie eben noch. Er wusste plötzlich, was er nun tun sollte. Ihm wurde klar, dass er soeben einen Ausweg aus seiner schier endlosen Traurigkeit gefunden hatte. Und er hatte einen Sinn in seinem Leben entdeckt: er wollte singen. Es war ganz komisch, denn er brauchte nicht einmal darüber nachzudenken, ob dieser Entschluss auch der rechte sein konnte, er wusste es genau und sang auf einmal ein wundervolles Lied nach dem anderen und konnte gar nicht mehr aufhören damit. So etwas Unglaubliches hatte er wahrlich in seinem gesamten Leben noch niemals erlebt.

Als er schließlich doch daheim eintraf, setzte er sich an seinen winzigen Schreibtisch und begann Liedtexte zu verfassen. Und schon bald trat er in den Klubhäusern seiner kleinen Stadt auf und kassierte sehr viel Geld. Dutzende Menschen kamen, um ihn singen zu hören. Selbst die Ärzte, die geldgierigen Therapeuten, die ihn nicht behandeln wollten, kamen, um ihn zu hören. Ja und es dauerte auch gar nicht mehr lange, dass bekam er einen hoch dotierten Plattenvertrag und wurde weltberühmt. Als er eines Tages in New York sein erstes Konzert gab, kamen so viele Menschen, dass sie gar nicht in die Halle passten. Und so ließ man einfach die Tore offenstehen und alle konnten seinen Gesang auch draußen auf den Boulevards und Avenues hören. Doch zwischen all diesen vielen Zuhörern stand plötzlich ein kleiner Fuchs. Die Leute wollten ihn schon verjagen, doch Tim wusste, wer da zu ihm gekommen war. Wie vom Blitz geölt sprang er von der Bühne und blieb vor dem kleinen Fuchs stehen. Dann begann er seinen Song und die Leute staunten, denn der Fuchs begann plötzlich ebenfalls zu singen. Die beiden sangen wie sie noch niemals gesungen hatten und ganz New York hörte zu. Und während Tim so sang, erinnerte er sich an den verregneten Wald, als er den kleinen Fuchs das erste Mal singen hörte. Und er wusste, dass er nur diesem

Fuchs all diesen großartigen Erfolg zu verdanken hatte. Die beiden traten fortan gemeinsam auf und jeder Mensch auf der großen weiten Welt wollte dieses zauberhafte Duo hören.

Und so hatte Tim endlich gefunden, wonach er so lange gesucht hatte, einen Sinn in seinem Leben. Vergessen waren die Schweißperlen und vergessen auch die vielen Misserfolge. Selbst die angekratzte Gesundheit war nicht mehr so wichtig. Denn am Ende zählt nur eines – niemals aufgeben und neue Ziele suchen! Und, wenn man wirklich beharrlich ist und ehrlich kämpft, dann könnte es vielleicht sein, dass man eines Tages einen kleinen Fuchs trifft, der singen kann!

Die Hebamme

Sissi war im neunten Monat schwanger und wusste schon, dass es ein Sohn werden würde. Nur leider hatte sie keinen Vater mehr dazu. Der hatte besseres zu tun, als seinen Vaterpflichten nachzukommen und verschwand bei Nacht und Nebel mit einer anderen. Nun musste Sissi selbst sehen, wie sie zurechtkam. Doch sie freute sich schon riesig auf ihr Kind und wollte es unbedingt haben. Da sie bereits schon einen recht ansehnlichen Bauch hatte, meinte Fred, ihr Chef, dass sie nicht mehr so oft in die Firma kommen müsste. Doch Sissi war sehr diszipliniert und konnte sich einen Tag, an welchem sie nichts zu tun hatte, einfach nicht vorstellen. Und so fuhr sie weiterhin jeden Tag brav und dienstbeflissen zur Arbeit, in die etwas entfernte, große Stadt. Es war ein kalter Wintermorgen, an welchem sie schon sehr zeitig aufstand. Sie hatte aus dem Fenster geschaut und bemerkt, dass die Straße vorm Haus vollkommen zugeschneit war. Deswegen wollte sie an diesem Morgen etwas eher losfahren. Sie wollte auf keinen Fall zu spät zur Arbeit kommen und hatte sich für diesen Tag extra viel Arbeit auf ihren Schreibtisch gelegt. Fred, der das am Vorabend bemerkte, schüttelte nur mit dem Kopf. Aber er wusste, dass er Sissi nicht von der Arbeit abhalten konnte. Dennoch nahm er einige Aktenordner von ihrem Schreibtisch. Vielleicht würde sie es ja nicht bemerken und müsste dann auch nicht so viel arbeiten. Ja, er mochte sie wirklich sehr und wollte ihr helfen, wo es nur ging. Sissi hingegen sah nur noch ihren Job und die viele Arbeit, die sie sich selbst aufdiktierte. So stieg sie in ihren Wagen und bahnte sich einen Weg durch den Schnee vorm Haus. Doch sie kam nicht sehr weit. Die Autobahn war gesperrt und eigentlich hätte sie getrost wieder heimfahren können. Außerdem rumorte der Kleine in ihrem Bauch. Möglicherweise wollte auch er, dass sie wieder umkehrte. Allerdings hatte er wohl nicht mit der Halsstarrigkeit seiner Mutter gerechnet. Sie wendete den Wagen und fuhr auf eine Landstraße, die ebenfalls in die Stadt führte. Zwar wusste sie, dass sie auf diese Weise wohl doch ein wenig später ankäme, doch sie wusste auch, dass diese Straße meistens frei war. Und anfangs klappte das auch recht gut. Es waren keinerlei Fahrzeuge dort unterwegs. Dennoch verwunderte sie diese vermeintliche Leere auf dieser Straße. Kaum hatte sie das gedacht, erschien vor ihr eine riesige Schneewehe. Sie konnte gerade noch rechtzeitig ausweichen, doch sie landete unweigerlich im Straßengraben. Und als ob das noch nicht schlimm genug war, befanden sich dort Unmengen an Schnee. Sissi fuhr geradewegs hinein und es war kein Herauskommen mehr möglich. Was Sissi wohl nicht wissen konnte, war die Tatsache, dass an der Kreuzung, auf welcher sie in diese Straße eingebogen war, ein Verkehrsschild auf eine Straßensperre hinwies. Leider hatte sich mittlerweile der Schnee auf diesem Schild festgesetzt und Sissi konnte diesen wichtigen Hinweis nicht mehr wahrnehmen. Als sie so in der Schneedüne im Straßengraben hing, spürte sie, wie sich auch ihre eigenen Wehen häuften. Sollte etwa schon jetzt … unmöglich … das durfte nicht sein … sie konnte doch nicht allein … irgendjemand musste ihr doch helfen! Doch es war keiner zu sehen, nur der Wind pfiff den Schnee in dichten Wolken an ihrem Fahrzeug vorbei. Erschöpft streckte sie sich aus und versuchte es mit Atemübungen. Das jedoch schien den Kleinen in ihrem Bauch nicht zu beeindrucken.

Er wollte unbedingt ans Licht, in die Welt, die ihn eigentlich schon erwartete. Sissi rollte mit ihren Augen und ihr wurde furchtbar übel. Außerdem schmerzte es fürchterlich. Sie wusste genau, dass es hauptsächlich ihre Angst war, die sie so sehr lähmte. Aber es war nicht die Angst vor der Geburt, vielmehr war es die Angst, allein hier draußen in dieser vermaledeiten Schneedüne zu entbinden. Irgendwie erschien ihr dieser Gedanke unerträglich. Aber es blieb ihr nichts weiter übrig, als durchzuhalten. Plötzlich raschelte es draußen. Erschrocken schaute sie durch die Scheiben des Wagens. Doch sie konnte zunächst nichts sehen. Zu dicht trieb der Wind den Schnee am Auto vorbei. Aber dann klopfte irgendjemand gegen die Wagentür. Sissi fuhr herum! An der Fahrzeugtür stand eine alte Frau. Sie war mit einem langen dunklen Mantel bekleidet und lächelte ins Auto hinein. Sissi war vollkommen irritiert. Wie kam diese Frau bei diesem Schneetreiben hierher? Die Fremde deutete mit den Händen, dass sie ins Fahrzeug steigen wollte. Sissi rief: „Ja, kommen Sie, helfen Sie mir!" Vorsichtig öffnete die Fremde die Beifahrertür und bereitete das Fahrzeug auf die bevorstehende Geburt vor. Sie legte die Sitze um und breite eine Decke, die sie merkwürdigerweise gleich dabeihatte, darauf aus. Und als ob sie wüsste, was Sissi in diesem Augenblick durchmachte, sagte sie schließlich leise: „Keine Angst, Mädel. Ich helfe Dir. Dein Sohn wird schon gut herauskommen, wirsts sehen! Und nun entspann Dich erst einmal. Denn Du willst ja Deinen Sohn nicht ängstlich zur Welt bringen, oder?". Sissi wusste gar nicht, was sie dazu sagen sollte. Woher wusste die fremde Frau, dass sie einen Sohn bekam? Und dann diese Stimme, sie war so beruhigend, so unendlich sympathisch.

Offenbar wusste sie genau, was sie da tat. Und langsam legte sich ihre Angst. Sie spürte plötzlich, dass ihr diese Frau fachkundige Hilfe geben würde. Sie fühlte sich so sicher und aufgehoben bei ihr.

Und da war noch etwas, was in ihre Seele, in ihr Herz zog, die Freude auf ihren Sohn! Die Geburt war sehr anstrengend, doch sie verlief problemlos. Und nach einigen Minuten furchtbarster Schmerzen hielt Sissi ein kleines schreiendes und blutverschmiertes Menschenbündel in ihren Händen. Die alte Frau hatte es ihr liebevoll in den Arm gelegt. Und Sissi hielt es ganz fest. Sie war nun eine stolze Mutter und sie fühlte sich so wunderbar. Noch niemals zuvor in ihrem Leben hatte sie sich so gut gefühlt. Dieses wundervolle Gefühl wollte sie nie mehr verlieren. Die Alte lächelte ihr mütterlich ins Gesicht. Dann wischte sie ihr den Schweiß aus dem Gesicht und sagte leise: „Hasts geschafft Mädel, bist jetzt Mutter. Pass nur immer gut auf Deinen kleinen Sohn auf. Gib ihm immer Deine ganze Liebe. Er braucht sie. Gleich kommt Hilfe. Aber ich muss nun gehen. Ich wünsche Dir alles Glück dieser Welt. Freu Dich, Du bist nun Mutter." Mit diesen Worten schlug die Alte die Autotür zu und stapfte durch den Schnee davon. Irgendwann konnte Sissi sie nicht mehr sehen und der vorbeifliegende Schnee verwehte ihre Spuren. Es dauerte gar nicht mehr lange, da ertönte die Sirene eines Notarztwagens. Schnell wurde Sissi ins Krankenhaus gebracht. Doch die Ärzte staunten, wie gut es ihr und ihrem kleinen Sohn ging. „Wer hat Ihnen denn bei der Geburt geholfen", fragte der Notarzt unterwegs. Sissi lächelte nur und meinte, dass es eine alte Frau war, die zufällig vorbeikam. Der Arzt war sehr zufrieden, wie professionell die fremde Frau Sissi geholfen hatte. „Man könnte beinahe denken, Ihnen hätte eine richtige Hebamme geholfen", sagte er. Im Krankenhaus besuchte sie Fred mit einem riesigen Strauß gelber Rosen. Sie trafen sich seitdem öfter und lebten schließlich zusammen. Wochen vergingen und als Sissi abends nach Hause kam, holte sie das alte Fotoalbum aus dem Schrank und setzte sich damit an das Kinderbettchen. Immer wieder betrachtete sie ihren kleinen Sohn, der irgendwie auch dem Papa ähnlich zu sein schien. Diese Nase, dieser Mund, sie streichelte ihm sachte übers Gesicht und musste weinen. Ob Fred der richtige Papa für ihn war? Er kümmerte sich wirklich rührend um den Kleinen. Nachdenklich schlug sie das Fotoalbum auf und schaute sich die alten Bilder an, auf welchen sie und ihr damaliger Freund zu sehen waren. „Ach, wenn er das doch sehen könnte", dachte sie sich nur. Und als sie so blätterte, fiel ihr ein altes Schwarz-Weiß-Foto auf. Es zeigte ihre Großmutter und eine unbekannte Frau hinter ihr, die ihr sehr bekannt vorkam. Dieses Lächeln, dieser dunkle Mantel, interessiert las sie die Schrift unter dem Bild: „1928 im Tiergarten. Meine Mutter, sie war eine Hebamme, die anderen Frauen half." Das Bild zeigte ihre eigene Urgroßmutter! Und Sissi war sich plötzlich ganz sicher: Es war die gleiche Frau, die ihr bei der Geburt draußen im Schnee geholfen hatte!

Die Kühltruhe

Am Tag meines Einzuges in meine kleine neue Wohnung klingelte es oft bei mir. Ich freute mich, dass mich meine netten Nachbarn kennen lernen wollten. Doch dass es so viele waren, hatte ich nicht bedacht. Unter den Nachbarn meines Hauses zählte auch eine ältere Dame, Mrs. Singer, die mich unbedingt   unter vier Augen sprechen wollte. Es schien als wollte sie mir irgendetwas Wichtiges sagen. Sie wies mich darauf hin, dass in dieser Wohnung, in welcher ich nun lebte, vor drei Jahren eine junge Frau ermordet wurde. Der Mörder habe sie in einer Kühltruhe im Keller versteckt und sei geflüchtet. Leider hatte man den ihn bis zum heutigen Tage nicht fassen können. Es fehlte jede Spur von ihm. Ich gebe zu, dass ich bei diesem Gedanken eine Gänsehaut bekam. War es die furchtbare Nachricht, dass ausgerechnet in jener schönen hellen Wohnung ein entsetzlicher Mord geschehen war oder war es die noch viel fürchterlichere Information, dass der Mörder noch immer nicht gefasst werden konnte und als freier Bürger irgendwo in der Gegend herum lief. Ich konnte es nicht sagen, aber ich wusste eines ganz genau – die Freude an der schönen neuen Wohnung war ein wenig getrübt. Natürlich ließ ich mir das nicht anmerken. Denn meine Nachbarschaft sollte nicht mitbekommen, dass mir nicht sehr wohl in meiner Haut war. Als die Nachbarn gegangen waren, fasste ich mir ein Herz und ging die sechs Etagen in den Keller hinunter. Ständig in Gedanken, dass aus einer dunklen Ecke der noch immer gesuchte Mörder herausspringen könnte, lief ich durch die dunklen Kellergänge. Es war eiskalt und als ich zu meinem Kellerraum kam, wurde es mir noch viel kälter. Denn hinter einigen alten Kisten versteckte sich die Kühltruhe, von der mir Mrs. Singer berichtet hatte. Sollte das tatsächlich diese Kühltruhe sein, in welcher man die Tote gefunden hatte? Ich wusste es nicht, wollte mir die Truhe eigentlich gar nicht so genau anschauen. Ich wollte sie so schnell wie möglich loswerden, denn ich konnte nicht mit diesem unerträglichen Gedanken leben, die Kühltruhe noch immer in meinem Keller zu beherbergen. Trotzdem war ich neugierig geworden. Interessiert und doch mit einem fürchterlichen Druck in der Magengegend tappte ich um die Truhe herum. Äußerlich sah sie noch ganz vernünftig aus. Ich konnte wahrlich nichts an ihr entdecken, was eventuell verdächtig schien. Aber natürlich konnte ich das ja auch nicht. Die Fingerspuren hatte man damals ja längst von der Truhe genommen und da sonst nichts festzustellen war, ließ man sie einfach im Keller stehen. So alt schien das Modell gar nicht zu sein. Denn sie sah noch recht gut erhalten aus und besaß sogar ein großes Display an der Oberseite. Meine Neugierde wurde immer größer. Sollte ich wirklich hineinschauen? Was, wenn da noch ein Relikt der furchterregenden Tat zu sehen war? Vielleicht hatte die Polizei damals etwas übersehen? Ich zögerte noch, steckte erst einmal den Stecker in die darüber befindliche Steckdose. Und welch Wunder, die Truhe funktionierte sogar noch. Die Kontrolllampen leuchteten in einem angenehmen beruhigenden Gelb. Das leise Summen des Kühlaggregates beruhigte mich und ich wurde mir immer sicherer, dass nichts Schlimmes von der Truhe ausgehen konnte. Als ich den Griff des Deckels berührte, zögerte ich erneut. Wieder kamen diese seltsamen Gedanken auf und ich spürte, wie mein Herz immer schneller zu schlagen begann. Auf dem Display wurde die aktuelle Temperatur angezeigt. Die Truhe schien einwandfrei zu funktionieren. Plötzlich knackte es hinter der Truhe. Erschrocken sprang ich einen großen Schritt zurück. Das Knacken mündete in ein beängstigendes Knirschen und aus einem über der Truhe befindlichen Regal fiel ein Gegenstand auf den Deckel der Truhe. Ich konnte nicht sofort erkennen, was es war. Doch als ich nähertrat, um nachzuschauen, traf mich beinahe der Schlag. Auf dem Deckel lag ein schmiedeeisernes schwarzes Kreuz! Ich wollte es vom Deckel nehmen, doch so sehr ich auch daran zog, es ließ sich einfach nicht bewegen. Ein merkwürdiges Gefühl kroch mir vom Magen in den Hals und drohte mich zu ersticken, die Angst! So schnell ich konnte lief ich aus dem Keller ins Treppenhaus, wartete dann aber doch einen Moment. Mir kam ein Nachbar entgegen und fragte mich, warum ich so blass wäre. Ich meinte, dass nichts sei und ging doch noch einmal zurück in den Keller. Das Kreuz konnte unmöglich verhext sein. Vielleicht ließ es sich jetzt ganz einfach vom Deckel der Truhe herunternehmen und alles war in Ordnung. Doch als ich in den Keller kam, war das Kreuz verschwunden. Nun begriff ich gar nichts mehr. Wo konnte das Kreuz nur sein? Was ging hier vor? Hatte das Ganze etwas mit dem damaligen Mord zu tun? Warum lag dieses Kreuz auf dem Truhendeckel? Das ergab keinerlei Sinn für mich. Am Abend klingelte ich noch einmal bei Mrs. Singer und wollte Genaueres über den damaligen Mordfall wissen. Mir gab dieser rätselhafte Fall keine Ruhe mehr. Ich berichtete ihr auch von dem seltsamen Kreuz und fragte sie, warum man die Truhe damals nicht mitgenommen hatte. Doch die Dame sagte nur, dass sie das nicht wüsste. Aber an das Kreuz konnte sie sich noch genau erinnern. Die Ermordete besaß solch ein Kreuz und hatte es über ihrem Bett hängen. Sie war eine sehr gläubige

Christin und liebte dieses Kreuz sehr. Angeblich hatte sie das Kreuz von ihrer Mutter geschenkt bekommen. Doch als die Eltern später die Wohnung beräumten, fanden sie dieses Kreuz nicht mehr. Alle glaubten, der Mörder habe es einfach mitgenommen. Ich konnte mir jedoch noch immer keinen Reim darauf machen. Hatte das Kreuz vielleicht irgendetwas zu bedeuten? Sollte ich am Ende vielleicht ein Zeichen bekommen? Aber von wem? Und was für ein Zeichen? Ich verabschiedete mich von der älteren Dame und ging in meine Wohnung zurück. In den darauffolgenden Tagen versuchte ich, die Kühltruhe loszuwerden.

Doch es war wie verhext, sie ließ sich einfach nicht verkaufen. Entweder hatten die Käufer ganz plötzlich keinerlei Interesse mehr oder irgendetwas stimmte mit der Elektronik an diesem Gerät nicht mehr. Als Mrs. Singer davon Wind bekam, dass ich mich von der Truhe trennen wollte, meinte sie nur: „Glauben Sie mir, Sie werden die Truhe nicht verkaufen können. Das wird erst geschehen, wenn der Mörder gefunden ist. Sie sollten es lassen und sich das Geld für die Inserate sparen."

Ich hatte ehrlich gesagt den gleichen Gedanken und ließ den Verkauf. Tage später musste ich in den Keller, um eine alte Lampe, die ich in der Wohnung nicht benötigte, hinunter zu bringen. Gerade wollte ich sie auf der Truhe abstellen, da schaltete sich diese ein. Ihr Kühlaggregat summte außergewöhnlich laut und ich wollte schon den Stecker herausziehen. Doch was war das? Der Stecker mit dem Kabel lag hinter Truhe. Irritiert schaute ich zur Steckdose. Dort hatte ich vor kurzem den Stecker hineingesteckt. Doch nun war er nicht mehr drin aber die Truhe funktionierte dennoch. Wie konnte das nur möglich sein? Ein eiskalter Wind, der mir schon damals aufgefallen war, fächelte um meinen Kopf. Ich fühlte mich überhaupt nicht mehr wohl und schaute mir die Truhe von allen Seiten an. Doch ich konnte einfach nichts Verdächtiges entdecken und vielleicht kam der kalte Wind ja auch von der Truhe. Immerhin war es ja eine Kühltruhe! Und vielleicht befand sich unter der Truhe noch eine zweite Steckdose, an welcher die Truhe angeschlossen war. Obwohl ich das in Wahrheit nicht glaubte, schob ich meine Zweifel und meine Bedenken beiseite. Ich stellte meine alte Lampe auf den Deckel der Truhe und wollte wieder gehen. Da rumpelte die Truhe hinter mir derart laut, dass ich mich erschrocken umschaute. Ich zuckte zusammen, da lag auch wieder dieses schwarze Kreuz. Wie kam das nur hierher? Ich hatte es nicht dorthin gelegt. Ich bekam eine Gänsehaut und wollte eigentlich aus dem Keller rennen. Doch irgendein merkwürdiges Gefühl, welches ich bis dahin nicht hatte, hielt mich an jenem Orte fest. Es zwang mich sogar, wieder an die Truhe heran zu treten. Ich konnte mir mein eigenes Handeln nicht mehr erklären und schritt vorsichtig an die Truhe heran. Was wollte ich hier nur? Warum stand ich vor dieser Truhe? Und warum lag dieses Kreuz auf dem Deckel? Sollte ich es herunternehmen? Ließ es sich diesmal von der Truhe nehmen? Da geschah etwas Sonderbares! Das -bis dahin- dunkle Display der Truhe begann hell zu leuchten. Ich starrte auf die Erscheinung und sah, wie sich da eine Laufschrift zeigte. Und es war nicht die Kühltemperatur, die dort zu lesen war. Vielmehr waren es die Worte: „Troy Shepard … Benson Ave … 23". Immer und immer wieder lief diese rätselhafte Schrift übers Display. Ich konnte mir das alles nicht erklären und wusste nichts damit anzufangen. Neben dem Deckel entdeckte ich einen Schalter. Ich betätigte ihn und wollte die Truhe ausschalten.

Doch auch dieser Schalter schien defekt zu sein, die Truhe ließ sich nicht abschalten. Dafür zeigte sie andauernd diese merkwürdige Leuchtschrift an. Und plötzlich schoss es mir in den Sinn! Die Tote, das alles musste etwas mit der Toten, mit dem Mord zu tun haben! Sollte das etwa die Adresse des Mörders sein? Aber wie konnte diese Truhe wissen, war das wirklich möglich? Und, wie sollte ich der Polizei klarlegen, dass ich diese Nachricht im Display ausgerechnet jener Truhe gelesen hatte, in welcher man damals die Ermordete fand? Es half nichts, ich musste erst einmal selbst zu dieser obskuren Adresse fahren. Doch zuvor griff ich erneut nach dem schmiedeeisernen Kreuz auf dem Truhendeckel. Und diesmal ließ es sich ohne Schwierigkeiten herunternehmen. Ich steckte es in meine Jackentasche und ging aus dem Kellerraum. Hinter mir hörte ich, wie sich die Truhe ganz von selbst abschaltete. Noch am gleichen Abend setzte ich mich in mein Fahrzeug und fuhr in die „Benson Ave". An der Nummer „23" hielt ich an. Es war eine üble heruntergekommene Gegend, in welcher ich mich um diese Uhrzeit eigentlich nicht mehr aufhalten wollte. Nervös griff ich in meine Tasche. Das Kreuz fühlte sich kühl an. Doch es schien sich in meine Hand hinein zu schmiegen. Es war beinahe so, als würde es sich in meinen Händen wohl fühlen. Und in diesem magischen Augenblick begriff ich, dass mir die Eltern der Toten, die einst dieses Kreuz ihrer Tochter schenkten, ein Zeichen geben wollten. Sie setzten wohl ihr ganzes Vertrauen in mich und ich durfte sie nicht enttäuschen. Ich schien dem Ziel, dem Täter wohl schon sehr nahe zu sein. Lange schon war es dunkel und drei Betrunkene torkelten laut grölend an meinem Fahrzeug vorbei. Sollte ich wirklich aussteigen und das Haus genauer unter die Lupe nehmen?

War das nicht viel zu gefährlich? Doch da war dieses Kreuz in meiner Jackentasche. Ich musste etwas tun. Ich fühlte es genau. Vorsichtig stieg ich aus dem Wagen und schlich mich an das Haus heran. Ich legte mein Ohr an die Eingangstür, doch im Inneren schien es totenstill zu sein. Auch die Fenster waren dunkel. Vermutlich war gar keiner da. Aber ich wollte noch einmal hinter das Haus gehen, um mich genau zu vergewissern. Als ich mich hinter das Haus schlich, hörte ich seltsame Geräusche. Was war das nur? Ich kam nicht mehr dazu, mir weitere Gedanken darüber zu machen.

Vor mir bäumte sich eine dunkel gekleidete Person auf und brüllte mich an: „Was machst Du hier! Ein Einbrecher, was?" Schon holte der Fremde aus und wollte mit irgendeinem Gegenstand auf mich einschlagen. Da zuckte es in meiner Jackentasche und das schmiedeeiserne Kreuz riss sich aus meinen Händen. Es flog aus meiner Tasche auf den Fremden zu. Mit einem gewaltigen Hieb streckte es den Fremden zu Boden. Gleichzeitig und mit zittrigen Händen zog ich mein Handy aus der Hosentasche und rief die Polizei. Die kam glücklicherweise schnell und nahm den Fremden fest. Als sie mit ihren Scheinwerfern die Umgebung erhellten, sah ich ein Gewehr auf dem Boden liegen. Vermutlich war das der Gegenstand, mit welchem der Täter auf mich einschlagen wollte. Außerdem fand man in seinem Haus diverse Gegenstände der Ermordeten aus der Kühltruhe.

Und es stellte sich schließlich heraus, dass er der gesuchte Mörder war. Beim späteren Verhör gab er alles zu. Er hatte viele Gegenstände von der Toten bei sich und dutzende Fotos überall in seinem Haus herum liegen. Er gestand, dass er die junge Frau wochenlang beobachtet hatte und sich schließlich vornahm, sie zu berauben. Doch der Überfall ging schief und als sich die junge Frau wehren wollte, erschlug er sie schließlich mit seinem Gewehr. Es war das gleiche Gewehr, mit welchem er auch mich niederschlagen wollte. Als ich später das Kreuz suchte, war das verschwunden. Nirgends fand ich es mehr. Dennoch war ich glücklich, dass der Mörder endlich gefasst werden konnte. Auch meine Kühltruhe gab endlich Ruhe. Es gelang mir endlich, sie doch noch zu verkaufen. Mrs. Singer hatte also recht behalten, als sie damals sagte, dass ich die Truhe erst verkaufen könnte, wenn der Mörder gefasst sei. Tage später wollte ich ans Grab der ermordeten jungen Frau, um dort einen Blumenstrauß zu hinterlegen. Mrs. Singer wusste, wo auf dem Friedhof sich dieses Grab befand und kam mit. Als ich vor dem Grab der jungen Frau stand, glaubte ich, Opfer einer Halluzination zu sein. In den weißen Marmorstein war etwas eingearbeitet, das ich sehr gut kannte, das schmiedeeiserne Kreuz!

Bobbys Buch

Bobby war schon alt und wollte sich endlich zur Ruhe setzen. Nach fünfzig Jahren als erfolgreicher Autor brauchte er endlich die Ruhe, die er sich schon lange gewünscht hatte. Und da er keine Nachkommen hatte, suchte er sich eine angemessene Seniorenresidenz, in der es sich leben ließ. Nach dutzenden Angeboten von derartigen Einrichtungen fand er endlich, was er suchte. Es war ein kleines Seniorenheim in einer alten abgeschiedenen Burg. Schon als er sich das erste Mal dort umsah, fand er die Anlage wie geschaffen für seinen Altersruhesitz. Und er dachte sogar schon über einen neuen Roman nach, den er hinter diesen alt-ehrwürdigen Mauern schreiben wollte. Er zog schließlich dort ein und all seine Erwartungen wurden bei weitem übertroffen. Man umsorgte ihn wirklich rührig und das Leben in dieser alten Burg gestaltete sich mehr als fürstlich. Natürlich kostete das Ganze ein Heidengeld und Bobby war nun gezwungen, diesen neuen Roman zu schreiben. Das Handwerk ging ihm federleicht von der Hand und schon nach einem halben Jahr war das neue Werk fertig gestellt. Doch seit einiger Zeit klagten die Mitbewohner des Anwesens über diverse Einbrüche. Es wurde ihnen viel Geld und über die Jahre liebgewonnene Wertsachen gestohlen. Doch die Täter konnten einfach nicht gefasst werden. Die Polizei war sehr oft im Seniorenheim, nahm die Diebstähle auf und es wurde sogar ein spezieller, besonders hartnäckiger Privatdetektiv eingesetzt. Doch alles Bemühen blieb ohne Erfolg. Die Einbrüche häuften sich und auch Bobby blieb schließlich nicht davon verschont. Eines Tages, er hielt sich gerade in dem riesigen Gartengrundstück der noblen Anlage auf, kam eine Bedienstete angerannt und rief schon von Weitem, was sich ereignet hatte. Diesmal hatten die Täter richtig arg zugeschlagen und neben diversen Stilmöbeln aus der Einrichtung des Heimes auch Bobbys Zimmer durchwühlt. Der bekam natürlich einen riesigen Schrecken und lief so schnell er konnte in sein Zimmer. Und all die schlimmen Befürchtungen schienen wahr geworden zu sein. Neben den Kreditkarten hatten die Gauner einen alten Regulator und einen Schreibsekretär mitgehen lassen. Und als Bobby schließlich sein Manuskript für den neuen Roman suchte, war auch das verschwunden. Das Unglück war kaum in Worte zu fassen und Bobby wusste nicht, was er nun tun sollte. Es half nichts, er musste sich einfach etwas Neues einfallen lassen. Doch ihm fiel einfach kein brauchbares Thema ein. Schließlich wurde er krank und die Ärzte gaben ihm nicht mehr sehr viel Zeit. Denn sein Herz hatte nach all diesen schweren Verlusten sehr arg gelitten und war schwach und verbraucht. Da erreichte ihn die Kunde von einem sehr erfolgreichen Autor namens Jack Middletown, der ein neues spannendes Buch auf den Markt gebracht hatte. Und als Bobby einen Fernsehbericht über den erfolgreichen Autor verfolgte, traf ihn beinahe der Schlag. Es war sein eigener Roman, der ihm vor Wochen gestohlen wurde, den der Betrüger nun als sein Werk anpries. Das traf Bobby sehr. Und er litt unter dieser Nachricht. Eines Morgens wurde ihm die Tageszeitung ins Krankenzimmer gebracht. Bobby war schon zu schwach, um sie selbst zu lesen. Deswegen hatte sich eine Bedienstete an sein Bett gesetzt, um ihm die wichtigsten Schlagzeilen des Tages vorzulesen. Ein Artikel weckte plötzlich seine Neugier! Es war ein Artikel über den Autor Jack Middletown. Und Bobby wusste sehr genau, dass dieser Jack Middletown jener Betrüger war, der ihm sein

Manuskript gestohlen hatte und damit seinen eigenen Reibach gemacht hatte. Es hieß, dass Middletown tot in seinem Hause aufgefunden wurde. An der Decke des Zimmers, in welchem man ihn fand, entdeckte man dutzende kreischende Fledermäuse, die ihn offenbar todgebissen hatten. Bobby verstand die Welt nicht mehr, und das erste Mal nach langer Zeit verzog er sein starres Gesicht zu einem hämischen Lachen. Es dauerte auch gar nicht mehr sehr lange, da erwachten ganz neue Kräfte in ihm und er nahm sich vor, ein neues Buch zu schreiben. So setzte er sich mit neuem Elan an seinen Schreibtisch und begann den Roman zu schreiben. Er nannte ihn: „Der Fluch des Autors". Und was kaum einer wusste, Bobby war in seinem früheren Leben nicht einfach nur irgendein Autor, nein, er war einst Autor von furchterregenden Geistergeschichten und all seine Opfer kamen ausnahmslos durch Fledermausbisse ums Leben!

Lilly und Lucy

illy und Lucy waren eng befreundet. Sie waren noch sehr jung und unternahmen sehr viel miteinander. Doch am tollsten fanden sie es, abends über den Friedhof spazieren zu gehen. Es war zugegebenermaßen ein recht ungewöhnliches Hobby, welchem sie sich verschrieben hatten. Doch sie hatten mit dem alten Friedhofsverwalter abgesprochen, wenn auf einem Grab die Blumen oder Einpflanzungen nicht ganz in Ordnung waren, diese wieder anständig auf die Gräber zu stellen. Auch an jenem düsteren Novemberabend des Jahres 2000 trieben sich die beiden Mädchen mal wieder stundenlang auf dem Friedhof herum. Eigentlich war ihnen nicht sehr wohl zumute, doch sie hatten eine Menge Spaß, als sie sich über die neuesten Erlebnisse mit den Jungs aus ihrer Clique unterhielten. Es wurde immer dunkler und die beiden hatten sich so richtig verquatscht. Erst als die Uhr auf dem Gebäude der Friedhofsverwaltung schlug, schauten sie erschrocken auf ihre Armbanduhren. Es war bereits Zwanzig Uhr und sie mussten dringend ins Wohnheim ihrer Universität. Gespenstisch pfiff der Wind um die alten Grabsteine und verfing sich im morschen Geäst der umstehenden Eichen. Die Geräusche, die sie plötzlich hörten, versetzten sie in Angst und Schrecken. Es knisterte und knackte ganz in ihrer Nähe. Noch nie waren sie so lange auf dem Friedhof unterwegs. Sie liefen los und durchquerten das Gelände. Allerdings mussten sie durch ein Areal des Friedhofs, welches etwas abseits lag und schlecht einsehbar war. Dort standen die ältesten Grabsteine und manches Grab wurde seit Jahren nicht mehr gepflegt. Die beiden Mädchen wussten genau, was ihnen bevorstand, denn nur ungern gingen sie an diesen alten Grabstellen vorüber. Sie hielten sich an den Händen fest, und als es schließlich auch noch zu regnen begann, hielten sie es vor Kälte und Gruseln einfach nicht mehr aus. Sie husteten schon und hatten noch immer ein gehöriges Stück Weg vor sich. Plötzlich endete der Weg. Und obwohl sie wussten, wo sie hinwollten, schien es doch nun, als ob sie sich verirrt hätten. Sie standen zwischen den alten Grabsteinen und schauten sich ängstlich um. Überall starrten sie die kalten steinernen Gesichter der Figuren an, die einst auf den Grabstellen befestigt wurden. Und im düsteren Licht einer einsamen hin- und herpendelnden Laterne verschwammen die Schatten dieser Figuren ganz merkwürdig und bildeten furchtbare und verzerrte monsterähnliche Silhouetten. Die Mädchen standen unschlüssig und zitternd vor der Wiese und wollten gerade wieder umkehren, um den rechten Weg zu suchen. Da bemerkten sie zwischen den alten Grabsteinen zwei rote Lichter hindurchblinken. Sie ahnten bereits, was das zu bedeuten hatte. Doch sie wollten es nicht glauben. Denn den Teufel hatten sie noch nie gesehen. Und auf einem Friedhof schon gar nicht. Trotzdem war ihnen die Sache nicht geheuer. Nur, wohin sollten sie fliehen? Sie wussten ja den Rückweg nicht mehr. Lilly zog ihr Handy aus der Jackentasche. Doch es war wie verhext, das Handy hatte keinen Empfang. Und egal wo sie sich auch postierte, nirgends bekam ihr Handy das erforderliche Netz. Und Lucy trug überhaupt kein Handy bei sich. Den beiden wurde eiskalt und ihnen lief ein fürchterlicher Schauer über den Rücken. Denn immer wieder tauchten die beiden roten Lichter vor ihnen auf. Vollkommen verängstigt versteckten sie sich hinter einer hohen Stele. Lilly schaute nach oben und entdeckte einen entsetzlichen Vogel, der in Stein gehauen auf der Stele thronte. Er hatte ein böses Gesicht, doch Genaueres konnten die beiden nicht erkennen, denn es war einfach zu dunkel. Das düstere Licht der Laterne begann zu flackern. Die Mädchen hatten Angst, dass es verlöschen könnte. Doch sie wollten ihr Versteck nicht aufgeben. Zu groß war die Angst, dem Teufel zu begegnen. Aber so oft sie auch hinter der Stele hervorschauten, immer sahen sie die beiden roten Lichtpunkte vor sich. Sie schwebten über der Wiese, nicht weit von ihnen entfernt. Plötzlich verschwanden sie und an deren statt ertönte ein merkwürdiges Zischen. Die Mädchen zitterten vor Angst und hielten sich aneinander fest. Vermutlich war ihnen der Teufel schon dicht auf den Fersen und würde sich in Kürze brüllend auf sie stürzen. Die Laterne flackerte immer stärker und spendete kaum noch Licht. Es reichte einfach nicht aus, um zu erkennen, worum es sich bei den roten Lichtern handelte. Plötzlich vernahmen sie Stimmen und erschraken fürchterlich. Sie versteckten sich hinter einem dichten Gebüsch und hielten sich aneinander fest. Und plötzlich hörten sie jemand sprechen: „Hallo, sind Sie da? Ich weiß, dass Sie hier sind. Hallo!" Die Mädchen glaubten schon, ihr Ende sei in greifbarer Nähe, da erkannten sie die Stimme. Es war die des Friedhofsverwalters. Er suchte wohl schon nach ihnen. Denn sie hatten ihre Fahrräder am Friedhofsgebäude abgestellt, und der Verwalter, der noch einmal ins Büro wollte, um etwas zu holen, hatte sie bemerkt. Vermutlich machte er sich Sorgen, weil er die beiden Mädchen kannte und genau wusste, dass sie noch nie so viel Zeit auf dem Friedhof verbrachten. Er kam ihnen schon entgegen, und es war seine Taschenlampe, welche dieses seltsame Licht verbreitete. Der Verwalter meinte, dass er wegen eines Augenfehlers nur mit diesem rötlichen Licht etwas in der Dunkelheit erkennen konnte. Die beiden Mädchen allerdings fanden das schon sehr sonderbar. Der Verwalter begleitete sie noch bis zum Friedhofsgebäude. Dort dankten ihm die Mädchen noch einmal für die Hilfe. Ohne ihn hätten sie den Weg ganz sicher nie gefunden. Und Lilly bemerkte noch lakonisch: „Nur gut, dass wir ein Kreuz umhängen haben. Da konnte uns wenigstens der Teufel nichts anhaben." Der Friedhofsverwalter lächelte ganz merkwürdig und schaute den beiden misstrauisch nach, als die schließlich mit ihren Fahrrädern den Friedhof verließen. Als sie fort waren, verschlechterte sich das Wetter mehr und mehr. Der Friedhofsverwalter aber zog sich seine schwarze Kapuze über den Kopf und lief langsamen Schrittes zwischen den Gräbern entlang. Dabei leuchteten seine Augen plötzlich feuerrot auf und aus seinem Mund zischte eine grelle Flamme. Schließlich verschwand er in der großen alten Stein-Stele mit dem furchterregenden Vogel obendrauf. Man hatte ihn nie wieder gesehen!

17.12.

ls ich noch zur Schule ging, konnte ich sehr gut singen. Ich war schließlich im Schulchor, wo wirklich nur die Besten mitsingen durften. Und meine Noten im Fach *Musik* waren ausgezeichnet. Ich sang im Chor und später sogar als Solist. Und ich nahm privaten Gesangunterricht und sang klassische Musik. Allerdings beeindruckten mich immer wieder die großen Stars, die so lange durchhielten, bis sie alt waren und schließlich starben.

Eines Tages, ich war längst erwachsen, versagte meine Stimme. Sie war kratzig und rau und ich brachte keinen einzigen richtigen Ton mehr hervor. Weil ich dieses Krächzen niemandem mehr zumuten wollte, zog ich mich mehr und mehr zurück und ließ das Singen schließlich ganz. Die Musik ging immer mehr in mir verloren und ich wurde unglücklich und war stets frustriert.

Die Jahre vergingen und ich hatte ständig das Gefühl, dass mir etwas Wesentliches, etwas Wichtiges fehlte. Natürlich konnte ich mir nicht vorstellen, dass es ausgerechnet die Musik sein sollte, die mir fehlte. Doch immer, wenn ich große Sänger sah oder Musiker, die einfach dabeigeblieben waren, die ihre Träume lebten, auch, wenn sie wenig oder gar keinen Erfolg hatten, wurde ich sehr traurig. Es war schon ein Jammer, wie ich über die Jahre nicht nur meine Musik, sondern auch mich selbst verlor. Ich konnte mich kaum noch über Dinge freuen und hatte mich irgendwo zwischen den Zeiten vergessen. Alles, was in meinem Leben eintrat, alles, was geschah, was ich tat, war ohne Würze und ohne Musik.

So verging die Zeit, und ich wurde älter. An meinem Geburtstag, am Abend des 17.12., ich lag mal wieder traurig und sehr nachdenklich auf meinem Sofa, klingelte es an der Tür. Als ich nachschaute, staunte ich, denn draußen stand ein mir nicht bekannter alter Mann. Verdutzt erkundigte ich mich bei ihm, was er von mir wollte. Der Alte lächelte und dann strich er sich seine weißen Haare zurecht. „Ja, ich will zu dir", antwortete er verlegen, „Und du kennst mich auch." Ich konnte mir das alles wirklich nicht erklären, und fragte noch einmal nach. Der Alte schaute zu Boden und sprach die schicksalsträchtigen Worte, die mich durch mein späteres Leben begleiten sollten: „Ich bin dein ehemaliger Musiklehrer, erinnerst du dich, Herr König, bei dem du sogar im Schulchor warst. Ich habe dich nicht vergessen und wollte mal sehen, wie es dir so geht." Zunächst glaubte ich, dass es mir den Boden unter den Füßen wegzog, an meinen ehemaligen Musiklehrer hatte nun wahrlich nicht mehr gedacht. Aber als ich mir sein Gesicht so ansah und sein verschmitztes Lächeln betrachtete, erkannte ich ihn dann doch wieder. Ja, es war Herr König, nur er war eben sehr alt geworden. Aber wie kam er nur hinter meinen neuen Wohnort, wer hatte ihm die Adresse verraten? Sie stand in keinem Telefonbuch. Herr König stöhnte und ich bat in schnell ins Haus. Ich erzählte ihm, wie es mir ergangen war und das ich mir Auto, Haus und sonst noch viele Luxusdinge zugelegt hatte. Und Herr König hörte sich alles geduldig an. Dann aber sagte er leise: „Du bist aber nicht glücklich, stimmt´s?" Ein wenig erschrocken schaute ich ihn an, konnte nicht glauben, dass er mich so gut durchschaute. Aber dann dachte ich an früher und mir fiel wieder ein, dass er stets eine sehr gute Menschenkenntnis besaß. Und woher er auch immer meine Adresse hatte, er lag vollkommen richtig mit seiner Vermutung. Oder war es überhaupt gar keine Vermutung? Es war eigentlich egal, wichtig war doch nur, dass er, mein ehemaliger Musiklehrer, mich nicht vergessen hatte. Sonderbarerweise wusste er sogar, in welchem Raum mein Klavier stand. Zielsicher ging er dorthin und setzte sich an das Musikinstrument. Es war wie in den alten Zeiten, als er am Klavier saß und mich nach vorn vor die Klasse rief, damit ich allen etwas vorsingen sollte. Damals war ich der beste Sänger und nahm sogar an Ausscheiden teil. Herr König hatte nichts vergessen und schon begann er zu spielen – die alten Volkslieder, die ich so oft und so gern gesungen hatte; ja, sogar das wusste er noch. Es war wirklich total verrückt, er spielte und ich sang und ich fühlte mich wieder wie ein Schulkind, wie ein kleiner Junge, der neugierig war und gerne sang. Es war beinahe so, als hätte sich über die vielen Jahre nichts verändert, und ganz unmerklich kehrte die Musik in mein eben noch tristes Leben zurück. Ich fühlte es ganz deutlich und ich hatte den dringenden Wunsch, schon am nächsten Tage in irgendeinem Chor in meiner Stadt mitzusingen. Ich wusste, dass ich die Musik, meine Musik, wieder zurückbekommen hatte, und das nur durch diesen einen Besuch meines Musiklehrers Herrn König. Als er ging, übergab er mir ein altes Liederbuch. Er meinte, dass er es seit seiner Kindheit besaß und es mir sehr gern schenken würde. Leider hatte er den zweiten Teil, den er mir ebenfalls geben wollte, nicht mehr gefunden, wollte aber noch einmal suchen und mich später informieren. Natürlich nahm ich sein Geschenk an und legte es wenig später auf das Klavier, an welchem er soeben saß und die schönsten Melodien spielte. Durchs Fenster sah ich ihn durchs Gartentor gehen und war glücklich, dass er mir das zurückgebracht hatte, was ich lange schon verloren geglaubt hatte – meine Musik. Kaum war er im Nebel der Nacht verschwunden klingelte es erneut. Zunächst glaubte ich, Herr König hätte irgendetwas vergessen oder wollte mir noch etwas sagen, aber die Person, die vor der Tür stand, kannte ich nicht. Die junge Frau hatte Tränen in den Augen, und was sie dann sagte, konnte ich nicht glauben: „Ich komme von meinem Vater, Herrn König. Sie kannten ihn und er hat mich beauftragt, ihnen dieses alte Liederbuch zu bringen. Er meinte, dass es ihnen noch fehlen würde." Als ich mich bedankte und sie nach ihrem Vater fragte, weinte sie und meinte dann: „Mein Vater ist gestern Nacht gestorben." Ich konnte es nicht glauben, wie war das nur möglich, er war doch gerade noch bei mir. Seltsam. Als die junge Frau gegangen war, packte ich liebevolleingewickelte Buch aus, glaubte tief in meinem Inneren noch immer, dass es sich bei der soeben erhaltenen Nachricht nur um einen Irrtum handeln musste und ein anderer gestorben war, nicht Herr König. Doch als ich das Buch ausgepackt hatte erstarrte ich. Denn es war der zweite Teil jenes alten Liederbuches, welches mir Herr König heute Abend als Abschiedsgeschenk übergeben hatte! Und es war der 17.12., mein Geburtstag!

Düsteres Hotel

n irgendetwas Schlimmes oder auch Böses erinnerte mich jenes sonderbare Hotel. Ich war in die Wälder Alabamas gefahren und wollte eigentlich Wandern. Allerdings sollte auch noch ein wenig Erholung dabei sein. Das Hotel hatte ich mir auch gar nicht herausgesucht, ich hatte es zufällig beim Herumfahren in dieser Gegend entdeckt. Doch das es derart einsam lag und so merkwürdig aussah, behagte mir irgendwie gar nicht. Bedrohlich erhob es sich zwischen den hohen Kiefern und sah aus wie ein graues Totenmonument. Dennoch wollte ich nicht weiterfahren – ich war hundemüde und wollte einfach nur ins Bett. Schon im Foyer des nüchternen Gebäudes liefen bleiche Gestalten herum. Es waren Leute, die mich allesamt so merkwürdig anschauten. Ich konnte mir das Ganze nicht erklären, sie kannten mich doch gar nicht. Mir war einfach unheimlich zumute und ich hatte nur noch einen Wunsch, auf schnellstem Wege in mein Zimmer zu kommen. Der Concierge, ein junger hohlwangiger, aber überfreundlicher Mann schob mir mit großen Augen den Zimmerschlüssel über den Tresen. Ich unterschrieb auf dem Eincheckformular, welches vor mir lag und begab mich zum Fahrstuhl. Die alte reich verzierte Tür sah gespenstisch aus. Es waren Totenköpfe, die reliefartig die Tür übersäten. Wie konnte man nur so etwas als Zierde anbringen? Ich konnte das nicht verstehen, doch es wurde noch verrückter. Im Fahrstuhl ruckelte es, als sei ich auf einer Straße mit Millionen Schlaglöchern unterwegs. Und als ich schließlich im obersten Stockwerk anlangte, wo sich mein Zimmer befand, stand schon ein älterer Herr in schwarzer Livree an der Tür. Mit kühler monotoner Stimme fragte er mich, wie es mir ginge. Ich wusste nicht so recht, ob es mir angenehm oder irgendwie komisch zumute war. In jedem Fall aber war ich hundemüde. Ich erkundigte mich bei dem sonderbaren Herrn, ob ich immer alle Fahrstühle nutzen könnte, wenn ich ins Foyer wollte. Der überfreundliche Mann verzog keine Miene und sprach mit eisiger sonorer Stimme: „Natürlich mein Herr. Alle Fahrstühle fahren nach unten. Wollen Sie sich überzeugen – es geht in jedem Falle abwärts!" Ich lehnte ab und er grinste ganz merkwürdig und verschwand. Ich war heilfroh, doch noch mein Zimmer erreicht zu haben und stellte meine Reisetasche neben den hölzernen Einbauschrank. Erleichtert atmete ich tief ein und fand, dass die hier mal wieder gelüftet werden sollte. Es roch muffig alt. Ich lief zum Fenster, um es zu öffnen, schaute dabei zum Wald, der das Hotel umgab, und durch welchen ich auch gekommen war. Als ich hinunterschaute, erschrak ich fürchterlich. Vor dem Hotelportal standen drei schwarze Leichenwagen, und mehrere Männer in schwarzen Uniformen trugen weiße Särge aus dem Hotel. Als sie die Särge in den Bestattungsfahrzeugen verstaut hatten, schienen sie mich zu bemerken und starrten regungslos nach oben. Ihre Blicke waren derart durchdringend, dass mir nicht nur ein Kälteschauer über den Rücken lief. Und eine bange Frage nistete sich in meinem Kopfe ein: Wo war ich hier nur hingeraten? Vielleicht hätte ich doch besser wieder auschecken sollten, denn die Nacht, die mir bevorstand, war noch übler als ich es in irgendeinem Horrorfilm je gesehen hatte. Nachdem ich meine Tasche ausgepackt hatte und mir einen kleinen Imbiss aufs Zimmer bringen ließ, wollte ich mich hinlegen. Draußen war pechschwarze Nacht und seltsamerweise schien das gesamte Hotel im Dunkeln zu liegen. Keine blinkenden Werbetafeln, keine Laternen, nichts, das leuchtete umgab das sonderbare Hotel. Vermutlich war ich dann doch eingeschlafen, denn als ich wach wurde, war schon Mitternacht. Seltsame Geräusche krochen durch die Flure des altehrwürdigen Gemäuers. Es glich einem Röcheln, und schließlich waren da diese Schreie. Sie kamen von den Fahrstuhlschächten. Ich wusste nicht genau, ob ich nachschauen sollte oder nicht. Vielleich hätte ich es besser sein lassen sollen, denn kaum hatte ich mein Zimmer verlassen, um mich zu überzeugen, woher die Geräusche kommen mochten, flackerte das Licht auf der Etage und rote Lichter huschten wie Glühkäfer durch die Luft. Zusammen mit dem Röcheln bildeten sie eine unheilvolle Kulisse. An einer der Fahrstuhltüren stand wieder dieser ältere Herr in der schwarzen Livree. Er verbeugte sich ein wenig und sagte dann: „Wollen Sie nicht mit mir nach unten fahren? Es gibt frisch Geschlachtetes." Ich spürte, wie mir mein Herz bis zum Halse schlug, und in diesem Augenblick bemerkte ich, dass sein weißes Hemd, welches unter der tiefschwarzen Livree hervorschaute, blutrote Flecken hatte. Panisch rannte ich in mein Zimmer zurück, und in diesem Moment hatte ich nur noch einen Gedanken: Raus hier! Nur wie sollte ich an dem merkwürdigen Herrn, der sich an den Fahrstuhltüren herumtrieb, unbemerkt vorbeikommen?

Ich beschloss abzuwarten, bis das Licht nicht mehr flackerte und ich selbst ein wenig zur Ruhe gekommen war. Nach zwei geschlagenen, endlos lang erscheinenden Stunden war es schließlich soweit. Längst hatte ich meine Reisetasche wieder gepackt und stand fertig angezogen hinter der Zimmertür. Angestrengt lauschte ich, ob ich nicht doch noch irgendjemanden hörte. Doch es blieb ruhig, totenruhig sozusagen. Vorsichtig öffnete sich die Tür, doch der

Flur war leer. Der Alte schien nicht da zu sein. So schlich ich mich aus dem Zimmer und suchte nach dem Treppenhaus. Den Lift wollte ich nicht nehmen- wer wusste schon, ob er mich sicher nach unten ge- bracht hätte. Am Ende des Flures entdeckte ich eine Tür. Sie führte tatsächlich zum Treppenhaus und ich rannte, immer besonnen, dass ich nur ja keine Geräu- sche verursachte, die unzählig vielen Stufen nach unten. Ich vermied, mich im Foyer zu zeigen, lief stattdessen immer weiter bis zum Keller und fand sogar meinen Wagen, der dort unten in der angren- zenden Tiefgarage stand. Zu meinem großen Erstau- nen war es das einzige Fahrzeug, das sich dort be- fand. Aber hatte ich nicht am Abend noch viele Leute im Foyer umherlaufen sehen? Ich verstand das alles nicht, doch da wurde ich auch schon entdeckt! Besser gesagt, ich wurde erschreckt, denn die roten Lichter, die den Augen des Teufels glichen, flogen wie Fle- dermäuse durch die Gewölbe der Garage. Hastig sprang ich in meinen Wagen und drückte aufs Gas- pedal. Seltsamerweise funktionierte das Rolltor nicht. Da es nicht sehr stabil war, durchbrach mein Wagen mühelos diese Absperrung. Draußen wurde es noch verrückter! Der alte Mann in der schwarzen Livree stand an einem Leichenwagen und hob zusammen mit zwei anderen Männern einen schwarzen Sarg in das Auto. Als sie mich sahen, grinsten sie und nickten mir zu. Ich raste an ihnen vorüber und im Rückspie- gel sah ich nur noch, dass die Fenster des Hotels alle- samt grellrot erleuchtet waren! Plötzlich und wie aus dem Nichts tauchte eine blutverschmierte Gestalt vor meinem Wagen auf! Ihr grausam entstelltes Gesicht stierte Furcht erregend durch die Windschutzscheibe meines Wagens, und Sie wankte dabei, als sei sie längst nicht mehr unter den Lebenden. Ich schaffte es gerade noch rechtzeitig, im weiten Bogen um die Gestalt zu fahren und raste schließlich durch den angrenzenden dichten Wald, bis ich nach zwei weiteren Stunden endlich eine etwas breitere Straße erreichte. Noch einmal fuhr ich eine knappe Stunde, und endlich, endlich sah ich ein beleuchtetes Schild, welches auf ein Motel hinwies.

Ich fuhr dorthin und parkte mein Fahrzeug neben dem Gebäude. Die nette Dame an der recht gemütlich erscheinenden Rezeption erkundigte sich fürsorglich, ob ich eine gute Fahrt hatte und meinte, dass sie noch ein Zimmer für mich habe. Ich war erleichtert, nach all diesen Strapazen wieder unter normalen Menschen sein zu können. Im angrenzenden Gastraum wollte ich meine Gedanken ordnen und einen Kaffee trinken. Die freundliche Dame von der Rezeption jedoch setzte sich zu mir. Sie schien ziemlich neugierig zu sein, denn sie schaffte es tatsächlich, mich beinahe unmerklich auszufragen. Vermutlich kamen nicht viele Leute hierher, sodass sie stets hinter den neuesten Nachrichten aus der Gegend her war. Als ich ihr von dem grausigen Hotel im Wald berichtete, wurde sie jedoch ganz plötzlich ziemlich schweigsam. Mit ernster Miene sah sie mich an und schien mir wohl nicht recht glauben zu wollen. Ich konnte mir das zunächst nicht erklären, erfuhr aber wenig später den schier unfassbaren Grund. Vielleicht, weil ich ziemlich plastisch von meinem soeben Erlebten erzählte, meinte sie dann, dass sie schon einmal einen Gast hatte, der solch ein Erlebnis hatte. Nun war ich neugierig geworden und wollte mehr darüber erfahren. Doch die Dame zuckte nur mit den Schulten und starrte mir ungläubig ins Gesicht. Dann sprach sie mit düsterer Stimme die Worte, die ich niemals mehr vergessen werde: „Wissen Sie, dieses Hotel, in welchem

Sie waren, gibt es schon lange nicht mehr. Es ist sozusagen ein Geisterhotel und man sagt, dass sich fürchterliche Dinge dort abspielen sollen. Denn immer, wenn es sich im Wald zeigt, geschieht irgendwo in der Gegend ein schreckliches Verbrechen. Das Hotel selbst steht schon sein hundert Jahren nicht mehr. Es brannte ab, weil ein gestresster Hoteldiener vergaß, eine Kerze, die in einem gerade verlassenen Zimmer weiterbrannte, zu löschen. Sie war wohl umgekippt und entzündete beim Herunterfallen die Tischdeckchen, den Teppich und das gesamte Mobiliar. Bei dem fürchterlichen Feuer kamen alle zehn Hotelgäste und das gesamte Personal ums Leben. Man sagt, dass noch heute der alte Besitzer erscheint, um sich einen Menschen zu holen, als Tribut für die Toten in jener Nacht!"

Der Sturm im Wald

my liebte das Wandern. Wann immer sie es einrichten konnte fuhr sie in die Wildnis Alabamas und lief stundenlang durch die dichten Wälder im „Valley Grande".

Auch an jenem denkwürdigen Sommertag im Juli fuhr sie wieder dorthin. Nach monatelanger Arbeit und ewigen durchgestandenen Kopfschmerzattacken wollte sie endlich abschalten und sich so richtig erholen. Anfänglich war das Wetter sehr gut und Amy konnte es wirklich kaum erwarten, am Zielort, der kleinen Pension beim Rentnerehepaar Kimberly einzutreffen. Das freundliche Ehepaar war immer so nett und zuvorkommen zu Amy und verhielt sich zu der jungen Frau, als sei es ihre eigene Tochter. Vielleicht lag das daran, dass sie einst mit ihren Eltern sehr oft in den Ferien zu den Kimberlys fuhr und das Verhältnis deswegen auch so liebevoll und herzlich war? Jedenfalls konnte sie hier und nur hier so richtig ausspannen und zur Ruhe kommen.

Wie immer wurde sie von Mr. und Mrs. Kimberly auf das Herzlichste begrüßt. Der Abend verlief ebenfalls so, wie es immer war und als Amy ihr reichhaltiges Abendessen verspeist hatte, ging sie sofort ins Bett. Sie wollte ausgeschlafen sein, wenn sie am nächsten Morgen loslief. Auch die Nacht verlief ruhig und am darauffolgenden Morgen brach sie schon sehr früh auf. Bis zum Mittag wollte sie einen ganz bestimmten Punkt erreichen, der in keiner Karte eingezeichnet war und von den Kimberlys oft besucht wurde: „Rivers Point"! Für ihre wenigen Gäste hatten sie diesen Ort ein wenig umgestaltet und einen dicken Baum, der wohl schon tausend Jahre auf seinem Buckel haben mochte, sozusagen als Attraktion eingerichtet.

Um seinen dicken Stamm rang sich dort eine hölzerne Treppe, die bis zur Baumkrone führte. Von dort hatte man dann einen wunderbaren Blick über das Areal und den gesamten Wald. Der Weg durch den Wald gestaltete sich als ein wenig schwierig, denn urplötzlich hatte das Wetter gewechselt und Regen prasselte vom wolkenverhangenen Himmel. Amy ließ sich jedoch nicht beirren; mutig lief sie weiter und trug ja auch wetterfeste Kleidung, um beinahe jedem Wetter zu trotzen. Der Weg wurde seichter und Amy war sich auf einmal gar nicht mehr so sicher, ob sie es bis zum Baum bei „Rivers Point" schaffen würde. Doch sie schaffte es und wollte umgehend die Stufen bis zur Baumkrone erklimmen. Dort oben konnte man sich unter ein Dach setzen, welches eigens für die Besucher gebaut worden war. Als Amy oben war, genoss sie die Aussicht, auch, wenn wegen des Regens und der diesigen Luft der Ausblick nicht allzu gut war. Ein wenig erschöpft setzte sie sich auf das Holzbrett, welches zwischen zwei Astgabeln lag und eine Bank darstellte. Auf diesem Moment hatte sie all die vielen Monate gewartet und sich in dieser langen Zeit so sehr danach gesehnt. Hier konnte sie über einige Dinge nachdenken und endlich richtig ausspannen. Leider bemerkte sie nicht, dass nicht nur der Regen an Intensität zunahm, sondern auch der Wind immer stärker wurde und sich zu einem heftigen Orkan entwickelte. Als sie aus ihrer Gedankenwelt zurückkehrte, bogen sich die umstehenden Bäume bereits derart, dass einige von ihnen laut krachend umknickten. Ängstlich schaute Amy zum Waldboden hinab, denn auch ihr Baum wiegte bedrohlich hin und her. Gerade wollte sie hinuntersteigen, weil ihr die Sache zu gefährlich wurde, da geschah das Unglaubliche: Der Sturm fuhr unter die Bretter der Stufen und riss sie aus ihren Verankerungen. Klappernd und krachend flogen sie davon und Amy starrte ins Leere. Sie konnte nicht mehr heruntersteigen, und für einen Sprung aus der Baumkrone war es einfach viel zu hoch. Panisch starrte sie in die Tiefe und glaubte sich bereits in jenseitigen Gefilden, als sie plötzlich jemanden vor sich bemerkte. Erschrocken starrte sie in das warmherzige Gesicht eines alten Mannes. Er trug eine grüne Uniformjacke und alte ausgebeulte Hosen. Auf seinem Rücken hatte er einen kleinen Rucksack geschnallt und in den Händen hielt er ein dickes Seil. „Wie sind sie hier heraufgekommen", rief Amy und ihre Worte verhallten dumpf im Getöse des tosenden Sturmes. Der Alte lächelte und sagte dann: „Mein Name ist David Morrison und ich bin Ranger hier im Wald! Komm, wir müssen schnellstens hier weg! Hinter der Baumkrone befindet sich ein Übergang! Der wurde zwar nie genutzt, aber es gibt ihn noch. Ich werfe das Seil hinüber, woran wir uns festhalten können, schnell!" Ehe Amy noch etwas fragen konnte, wies sie der alte Mann zur anderen Seite der üppigen, schwer einsehbaren Krone des Baumes. Hier befand sich tatsächlich eine sehr schmale Überführung aus Holzbrettern. Der Alte warf das Seil zum gegenüberliegenden Baum, der ebenso hoch war wie der auf dem sie standen und dann balancierten sie vorsichtig hinüber. Von dort führte eine noch intakte Wendeltreppe aus Holzstufen hinunter. Schnellstens liefen die beiden über sie hinab und standen schon nach wenigen Minuten auf dem sicheren Boden. Erleichtert bedankte sich Amy bei dem alten Mann und der kramte umständlich etwas aus seiner Hosentasche, drückte es Amy in die Hand und sagte dann: „Also dann Mädchen, geh jetzt schnellstens heim." Amy betrachtete sich den Gegenstand, der in ihrer Hand lag und staunte; es war ein kleines Foto von ihrem vermeintlichen Retter in einem metallenen Rahmen. Weil das Wetter immer schlechter wurde, steckte sie es weg, zog sich die Kleidung zurecht und lief schnellstens zurück. Die Kimberlys hatten schon einen befreundeten Ranger angerufen, der sich gerade auf den Weg machen wollte, um Amy zu suchen. Es war sehr gefährlich, bei Sturm durch die dichten Wälder zu irren, denn herunterfallende Äste oder umstürzende Bäume konnten zu einer großen, unberechenbaren Gefahr werden. Als Amy erschien, waren alle erleichtert und die Kimberlys nahmen Amy in ihre Arme. „Gott sei Dank, du bist wieder da. Wir hatten schon das schlimmste befürchtet, denn dieser Sturm ist einfach mörderisch!" Amy zitterte noch immer am ganzen Leib und als sie die Story von der zerstörten Treppe am Baum erzählte, liefen Mrs. Kimberly die Tränen übers Gesicht.

Als Amy jedoch von dem alten Ranger David Morrison berichtete und das winzige Foto in dem verbogenen Metallrahmen zeigte, wurden die Kimberlys auf einmal sehr schweigsam. Amy wunderte sich über das merkwürdige Verhalten ihrer Wirtsleute und wollte wissen, was es war. Mrs. Kimberly war sehr nervös und dann sprach sie mit zitternder Stimme: „Ach ja, der alte David. Ja, der war tatsächlich mal Ranger hier in der Gegend. Eigentlich wollten wir es dir nicht sagen, aber David war dein Vater. Die Umstände damals jedoch ließen nicht zu, dass du weiter bei ihm sein konntest. Na ja, jetzt weißt du´s. Wir haben deinen jetzigen Eltern, den Snyders, versprochen, dich immer hierher zu holen, wenn es möglich ist." Amy musste weinen und ließ sich schließlich entkräftet auf einen Stuhl fallen. „Warum hat er nichts gesagt, als er auf dem Baum war, und warum hat er mich nicht behalten können?" Aufgeregt räusperte sich Mrs. Kimberly und wurde dabei immer unruhiger. Mr. Kimberly schien noch immer die Fassung zu bewahren und er sprach mit monotoner Stimme, die einen gewissen seltsamen Unterton zu haben schien: „Weil er bei einem Blizzard starb, als du drei Jahre alt warst."

Bis heute kann ich mir nicht erklären, was es war.
Ich weiß nur eines – es war da!

Schatten

An jenem Abend ging ich so gegen Zehn Uhr ins Bett. Schon in den vergangenen Nächten konnte ich sehr schlecht schlafen, wusste nicht, was ich tun sollte und konnte mir das alles nicht erklären. Irgendetwas wühlte mich auf, machte mich unruhig und ließ mich einfach nicht mehr klar denken. Lange lag ich wach und dachte über die unterschiedlichsten Dinge nach. Erinnerungen kamen und gingen, und das dahindudelnde Fernsehgerät, welches man im Schlafzimmer eigentlich gar nicht haben sollte, vertrieb mir die schlaflose Zeit.

Gerade wurde ein Horrorfilm gezeigt, da wollte ich das Fernsehgerät entnervt abschalten. Ich nahm die Fernbedienung und drückte auf den Tasten herum, doch der Fernseher blieb letztlich und sicherheitshalber doch an. Die Schlafzimmertür hatte ich wegen der besseren Luftzufuhr nur angelehnt und schaute von meinem warmen weichen Bettchen aus dorthin. Doch was war das? Draußen war das Licht eingeschaltet und ein dunkler Schatten bewegte sich hin und her. Ich erschrak natürlich fürchterlich und traute mich zunächst nicht aufzustehen, um nachzusehen. Dennoch musste ich es tun, denn wenn ein Einbrecher in der Wohnung war, musste ich ihn stellen oder mich zumindest in Sicherheit bringen. Noch einmal zog ich mir die Bettdecke bis über die Ohren und wartete. Ich hielt die Situation schließlich nicht länger aus und schob mich vorsichtig und vor allem leise aus dem gemütlichen Bett. Es war totenstill, nur der Fernseher spielte eine leise Musik. Das Schlafzimmer mündete

61

in den Korridor. Doch der war leer. Nur das Licht war eingeschaltet. Vielleicht hatte ich es vergessen auszuschalten? Ich wusste es nicht, doch woher kam dieser merkwürdige dunkle Schatten? Und wieso hatte er sich bewegt? Mein Blick fiel auf eine Jacke, die am Garderobenständer hing und hin und her schwankte. War vielleicht sie der vermeintliche Schatten? Irgendwie sucht man ja immer nach einer Erklärung, vor allem bei Dingen, die sich einfach nicht erklären lassen. Deswegen redete ich mir ein, es sei die Jacke, welche etwas schräg unter der Deckenlampe hing, und ganz bestimmt diesen beweglichen Schatten erzeugte. Ein klein wenig ruhiger schaltete ich das Licht aus und legte mich zurück ins Bett. Irgendwie war mich nicht wohl zumute, doch ich kniff mir mit aller Entschlossenheit die Augen zu, um vielleicht doch ein wenig zu schlafen. Zur Ruhe jedenfalls kam ich nicht mehr. Immer wieder blinzelte ich zur Schlafzimmertür - würde der Schatten wiederkommen?

Zur Sicherheit hatte ich den Fernseher eingeschaltet gelassen. So konnte ich die Existenz der beweglichen Schatten, im Falle, es würde welche geben, darauf schieben. Ich drehte und wälzte mich im Bett herum und fühlte mich immer schlechter. Die Luft wurde mir knapp und ich atmete schwer. Weshalb ging es mir nur so miserabel? Irgendwann fielen mir die Augen zu. Plötzlich jedoch wurde ich von einem leisen Knacken wieder geweckt. Sofort starrte ich zur Tür – und wahrhaftig – das Licht draußen war eingeschaltet und ein dunkler Schatten trieb wie von einer leichten Brise bewegt an der einen winzigen Spalt offenstehenden Tür vorüber. Leicht schockiert zuckte ich zusammen! Also war da doch etwas! Wieder verließ ich meine sichere Deckung unter der Bettdecke und schlich mich vorsichtig zur Tür. Mit einem Ruck riss ich sie auf, denn diesmal war ich mir sicher, das Licht wirklich ausgeschaltet zu haben. Aber auch diesmal war da nichts. Nur die Jacke, auf welche ich schon vor Stunden alles Unerklärliche geschoben hatte, pendelte hin und wieder her. Ich hielt sie fest und spürte, wie mir die Schweißperlen von der Stirn liefen. Nervös schritt ich den gesamten Korridor ab – wieder und immer wieder. Doch ich konnte einfach nichts Seltsames feststellen. Sollte ich vielleicht doch wieder ins Bett gehen, um es noch einmal mit Schlafen zu versuchen? Nein, ich konnte es nicht! Meine anfängliche Beruhigung und meine vermeintliche Müdigkeit schienen für immer dahin. Irgendetwas trieb mich dazu, der Sache auf den Grund zu gehen. Sollte ich bei meiner Mutter anrufen, um ihr davon zu erzählen? Ich schaute zur Uhr – sie zeigte eine halbe Stunde nach Mitternacht. Um diese Uhrzeit konnte ich sie nicht mehr stören, sie würde sich furchtbar sorgen. Aber was sollte ich dann tun? Die Wohnung verlassen, um dem vermeintlichen Geist den Schrecken zu nehmen? Gab es überhaupt diesen Geist oder bildete ich mir am Ende das Ganze nur ein? Natürlich war mir klar, dass ich gerade in den vergangenen Tagen mit meinen Problemen so ganz und gar nicht klar kam. Immer wieder zogen sie wie Angst einflößende Albträume durch meine Sinne und vernebelten mir so manchen schönen Tag. Selten nur konnte ich sie verdrängen, was sich selbst in meinem kaum noch vorhandenen Appetit und meiner gesamten bebenden körperlichen Verfassung widerspiegelte. Aber konnte ein Schatten wirklich auch eine solche Auswirkung sein? Ich hatte ihn schließlich genau gesehen - er war ja da, oder? Ich entschloss mich, mir einen Kaffee zuzubereiten, um der bohrenden Müdigkeit ein Schnippchen zu schlagen. Es gelang und ich blieb wach. Dennoch fühlte ich mich schlecht und zitterte sogar am ganzen Leibe. War das Angst oder doch nur die Furcht vor diesem unbekannten Schatten, vor dem Unbekannten überhaupt? Der Kaffee jedenfalls schmeckte sehr gut und lenkte mich für Minuten von dem geisterhaften Vorfall ab.

Nach einer Stunde kehrte die Müdigkeit wie ein von mir abgeschossener Bumerang zurück. Und sie schien stärker und nagender zu sein als vor meiner ominösen Schattensichtung. Ich verkroch mich ins Bett zurück und zog wieder die Bettdecke bis über die Ohren, bis über meinen Kopf. Doch dann sah ich vor meinem inneren Auge wieder diesen Schatten, sah, wie eine schwarze knochige Hand nach meiner Bettdecke griff, laut japsend fuhr ich hoch! Der Schweiß lief mir in Strömen über den Rücken und schien bereits eigene Bäche zu bilden. Wieder stand ich auf, und wieder schaute ich mich in der gesamten Wohnung um. Einen Schatten fand ich schon längst nicht mehr vor und glaubte mittlerweile, dass ich unter Wahnvorstellungen litt. Stunde um Stunde verging und meine Müdigkeit siegte schließlich über meine Ängste. Schlaftrunken wankte ich ins Bett zurück und schlief endlich ein. Zu matt und zu erledigt war ich wohl, dass mich nicht einmal ein unerklärlicher Schatten daran zu hindern vermochte. Am nächsten Morgen wurde ich sehr spät erst wach. Ich hatte sehr gut geschlafen, auch wenn ich mit Schaudern an die vergangene Nacht denken musste. Doch was half es – sie war nun vorüber und ich hatte wenigstens etwas schlafen können. Als ich in den Korridor kam, bemerkte ich zunächst nichts Aufregendes. Da war weder ein Schatten, noch hatte jemand das Licht eingeschaltet. Alles war ruhig und unscheinbar. Erleichtert, mir am Ende alles doch nur eingebildet zu haben, frühstückte ich und wollte dann aufbrechen. Da fiel mein Blick auf die Kommode gleich neben der Wohnungstür. Lag da nicht etwas, das gestern noch nicht dort gelegen hatte? Ich stand auf und schaute nach. Der Beschlag der Tür war abgefallen und lag auf dem hellen Laminat herum. Als ich die Tür öffnete, sah ich die Bescherung. Im Treppenhaus lagen zurückgelassene Werkzeuge herum und Splitter von zerstörten Türzargen versperrten den Weg. Irgendjemand wollte wohl in die Wohnung, wollte einbrechen, doch er konnte es nicht, zumindest nicht bei mir. Er hatte die Tür einfach nicht öffnen können. Bei meinen Nachbarn sah das schon anders aus. Die Türen standen auf und die Türzargen waren arg beschädigt. Zwei Polizeibeamte erschienen und unterhielten sich laut mit den Leuten. Offenbar waren die Einbrecher bei ihnen erfolgreich und hatten großen Schaden angerichtet. Natürlich erkundigte ich mich bei den Beamten, wollte wissen, was geschehen war. Sie meinten, dass in der vergangenen Nacht in den Nachbarwohnungen des Hauses eingebrochen wurde. Die Gauner hatten die Türen stark beschädigt und wollten teure Gegenstände stehlen. Sie konnten glücklicherweise gefasst werden, weil sie in meine Wohnung trotz großer Anstrengungen nicht gelangten. So lief ihnen die Zeit davon und konnten schließlich auf frischer Tat ertappt werden. Einer der Gangster soll sogar gesagt haben, dass ein sonderbarer schwarzer Schatten vor meiner Tür gestanden hatte, der letztlich verhinderte, dass sie die Tür aufbrechen konnten.

Als sie entnervt und vollkommen verängstigt weglaufen wollten, traf die Polizei bereits schon ein. Nur der Schatten, der war nicht mehr da!

Eiszapfen

ieser Winter ist voller Leichen! So titelte eine namhafte Tageszeitung in Chicago und viele Leute, die jeden Tag aus dem Hause mussten, hatten große Angst. Dennoch musste es weitergehen und so versuchte man, das Unausweichliche, diese ständige Bedrohung zu verdrängen. Und dann geschah es wieder – erneut wurden zwei tote Menschen gefunden. Sie lagen einfach auf dem Bürgersteig und niemand wusste, was ihnen zugestoßen sein konnte, denn von einem Täter fehlte immer jede Spur.

Jerry hatte all die vielen Horrornachrichten verfolgt und wusste nun selbst nicht mehr, ob er das Haus noch einmal verlassen sollte oder besser nicht. Er wusste, dass es nicht möglich wäre, ohne den Job zu verlieren, einfach für eine unbestimmte Zeit daheim zu bleiben und die Katastrophe auszusitzen. Deswegen nahm er sich vor, genau aufzupassen und sich ständig umzuschauen, während er durch die Straßen lief. Natürlich wusste er genau, dass es nicht möglich war, alles um sich herum unter Kontrolle zu haben. Aber ein gewisses Maß an Aufmerksamkeit konnte keineswegs schaden. So verließ er das Haus und fühlte sich wirklich nicht wohl in seiner Haut. Sein Weg führte durch belebte Straßen und es sah wahrlich nicht so aus, dass ein verrückter Mörder hier herumlungern würde, um gleich loszuschlagen. Plötzlich allerdings schrie jemand laut auf! Jerry fuhr herum und erschrak! Nicht weit von ihm entfernt lag ein junger Mann. Er bewegte sich nicht mehr und Jerry wusste sofort, was das bedeutete. Als er sich dem Fremden näherte, entdeckte er eine blutende Wunde an seinem Kopf. Vermutlich war der Mann von einem anderen erschlagen worden. Die schnell eintreffende

Polizei wunderte sich schon gar nicht mehr, hatte sie doch längst mit dem nächsten Opfer gerechnet. Einer der Beamten meinte, dass es schon ein schwerer Gegenstand gewesen sein musste, mit welchem der Täter zugeschlagen hatte. Als die Leiche abgeholt wurde, lief auch Jerry weiter. Doch es war ganz seltsam, zwar hatte er einen solch furchtbaren Fall noch nie miterlebt, aber irgendetwas erschien ihm sonderbar. Er konnte es sich nicht erklären, aber er spürte es genau und eine innere Stimme meinte, dass hier etwas nicht mit rechten Dingen zuging. Es hatte wieder zu schneien begonnen, da blieb er stehen und zog sein Mobiltelefon aus der Tasche. Er konnte einfach nicht ins Büro gehen und rief dort an, um sich einen Tag frei zu nehmen. Das ging recht einfach, denn er hatte unzählige Überstunden, und sein Chef hatte ihm schon vor Wochen das Abbummeln dieser Stunden angeboten. Nachdenklich setzte er sich auf eine Bank und schaute sich um. In diesem Winter hatte es wirklich stark geschneit und einen Blizzard hatte es auch schon gegeben. Die zahllosen Schneehaufen türmten sich an den Straßenrändern und die Leute hatten Mühe, sie zu umgehen. Auch die Autos fuhren vorsichtig und rutschten mehr als sie fuhren. Jerry stöhnte und konnte sich nicht erklären, was da in ihm opponierte, was ihn zu diesem Entschluss, heute nicht zur Arbeit zu gehen, bewog. Sein Blick streifte die umstehenden Gebäude und die Dächer einiger niedriger Häuser. Dicke Eiszapfen hingen dort herb und schienen eine starke Bedrohung für die Menschen auf dem Bürgersteig zu sein. Aber halt, was war das, einige der Zapfen schienen sich zu bewegen. Jerry stutzte, rieb sich die Augen und schaute wieder hin. Kein Zweifel, die Eiszapfen bewegten sich, ganz langsam nur, aber er konnte es sehen, ganz behutsam, beinahe in Zeitlupe bewegten sie sich hin und her. Diese sonderbare Bewegung glich beinahe dem Pendeln einer Uhr, aber wieso funktionierte das, w es doch gar nicht windig war? Plötzlich tat einer der Zapfen einen Satz und sauste hinunter. Unten spielte ein Kind im Schnee – der Zapfen fiel und fiel und das Kind sprang lachend durch die Schneehaufen. Gleich würde es von dem spitzen Zapfen getroffen, da sprang es in ein Haus und verschwand. Der Zapfen aber fiel nicht einfach so ins Leere. Er machte auf einmal eine scharfe Kurve, und hätte das Kind die Haustür nicht hinter sich geschlossen, wäre er ebenfalls in das Haus gestürzt. Krachend zerschellte er an der Tür und Jerry sprang entsetzt auf, um zum Ort des Geschehens zu eilen. Offenbar hatte das alles kein Mensch bemerkt, jedenfalls nahm niemand Notiz von dem Geschehen. Jerry starrte zum Dach hinauf und bemerkte die sich bewegenden Zapfen. Sie schienen die Straße zu beobachten, aber wie war so etwas nur möglich? Es war doch nur Eis, gefrorenes Wasser sonst nichts, oder? Jerry wusste, dass er schnellstens handeln musste. Er rief die Polizei und versuchte die Leute davon zu überzeugen, einen anderen Weg zu nehmen, nicht unter diesem Dach entlang. Die Menschen schauten zwar ziemlich verdutzt, taten aber, wie ihnen geheißen wurde, und die Zapfen schienen gar nicht erbaut von Jerrys Handeln. Sie schienen sich untereinander zu verständigen, bewegten sich schneller als eben noch, und dann rissen drei von ihnen von der Dachkante ab. Wie Geschosse jagten sie zu Boden und Jerry wusste genau, was sie vorhatten. Sie wollten ihn treffen, wollten sich offenbar an ihm rächen, weil er sie entlarvt hatte. Unterdessen traf die Polizei ein und sperrte die Straße ab. Jerry schaffte es gerade noch rechtzeitig, sich in ein Haus zu retten, als auch schon die drei Zapfen hinter ihm an der Hausmauer zerschellten. Die Beamten, die all das mitverfolgt hatten, trauten ihren Augen nicht. Schnell sprangen sie in ihre Fahrzeuge und warnten die Menschen über Lautsprecher. Panisch rannten die Leute um ihr Leben, retteten sich in die Häuser und schon nach wenigen Minuten war die Straße menschenleer. Die Eiszapfen hatten das alles mitverfolgt und schienen wohl nicht so recht zu wissen, was sie nun tun sollten. Ein eintreffendes Panzerfahrzeug begann schließlich damit, die Zapfen vom Dach zu schießen. Dabei entstand zwar auch an den Dächern ein erheblicher Sachschaden, aber eine andere Möglichkeit gab es im Moment nicht, und die Zapfen konnten restlos beseitigt werden. Das wurde in den meisten Straßen getan und es herrschte über den gesamten Zeitraum Ausnahmezustand in der Stadt. Nach einer Woche war die schwere Arbeit geschafft und kein einziger Eiszapfen hing mehr an irgendeinem Dach. Auch hatte man die Dächer, die für eine solch starke Eiszapfenbildung in Frage kamen, mit einer ganz bestimmten Chemikalie behandelt, die es verhinderte, dass sich neue Zapfen bildeten.

Als man die Zapfen, welche man von den Dächern geholt hatte, untersuchte, konnte man zunächst nichts Besorgniserregendes finden. Doch unterm Mikroskop zeigte sich Unglaubliches: Sämtliche Zapfen schienen mit einer Zellschicht überzogen zu sein. Es handelte sich hierbei um eine organische Schicht, die wohl irgendwie zum Leben erweckt worden war, wie auch immer das geschah. So konnten sich die Zapfen aus eigener Kraft bewegen, wie sie allerdings anstellten, über eine solch bösartige Intelligenz zu verfügen, blieb ein Rätsel. Über Jerrys heldenhaften Einsatz wurde noch tagelang in den Medien gesprochen und es schien, als wenn die Gefahr mit der Beseitigung der Eiszapfen für immer beseitigt worden sei. Es geschah nichts mehr, der Ausnahmezustand wurde aufgehoben und die Menschen liefen durch die Straßen als sei es nie anders gewesen. Schon bald zog der Alltag in die Stadt zurück und die mysteriösen Vorkommnisse mit den Zapfen verblassten.

Eines Abends tobte ein heftiger Blizzard über der Stadt und hohe Schneeberge hatten sich auf den Straßen und Bürgersteigen aufgehäuft. Auch die Dächer waren voller Schnee, doch die Chemikalie verhinderte zuverlässig, dass sich Eiszapfen bilden konnten. Jerry war in Gedanken, als er von der Arbeit nach Hause zurückkehrte. Es war sehr anstrengend, durch den hohen Schnee zu stapfen und der Winterdienst hatte einfach viel zu viel zu tun, um alle Straßen zu beräumen. Plötzlich schien sich einer der hohen Schneehaufen zu bewegen. War es ein Hund, der sich darunter verborgen hatte, eine Katze vielleicht? Offenbar war es nichts dergleichen. Als Jerry vorüberlief, stob der Haufen auseinander, fuhr hoch in die Luft, um gleich darauf wieder zum Erdboden zurück zu sausen. Jerry sah die Schneelawine auf sich zukommen und schaffte es gerade noch rechtzeitig, sich in sein Haus zu retten. Als er durch die Scheibe der Haustür nach draußen blickte, traf ihn beinahe der Schlag. Denn der Schneehaufen hatte sich bedrohlich vor die Tür des Hauses gesetzt und versperrte nun den Weg. Doch da war noch etwas, dass Jerry einfach nicht glauben konnte: In den Schnee war irgendetwas Merkwürdiges geschrieben, dass in feuerroten großen Lettern leuchtete, als hätte es der Teufel in den Schnee geritzt. Jerry wusste genau, was das zu bedeuten hatte, und entzifferte entsetzt das grausige Wort, welches ihn selbst zu meinen schien: „Rache!"

Sieh, nun hat er dich geholt
Der Allmächtige ist hier
Doch du bleibst nicht lange dort
Komm zurück zu diesem Ort
Weil es Gott für dich gewollt

Der schwarze Tod

Es war um 1356 in der Nähe von Frankfurt am Main. Die Pest wütete fürchterlich und eine schreckliche Rattenplage hatte das kleine Dorf, welches mitten im Wald lag und welches eigentlich gar keiner kannte, gerade erst heimgesucht. Claudius lebte mit seiner kleinen Familie, seiner Frau Mathilda und seinem Sohn Karl in einer kleinen windschiefen Hütte zwischen den Bäumen. Es war ein wirklich hartes Leben und die Angst, der Schwarze Tod könnte sich nach der Rattenplage auch hier breitmachen, schwebte wie ein unheilvolles Omen über der Siedlung. Als dann auch noch die Kunde von unzähligen Toten in den umliegenden Siedlungen durch das Dorf waberte, schien die Angst komplett. Es war die alte Agatha, die seit Jahren als Kräuterfrau am Rand des Dorfes lebte, die unkte, dass schon bald etwas Schreckliches geschehen würde. Es war verständlich, dass auch Claudius große Angst um seine Familie hatte. So ging er eines Abends heimlich zu Agathe, die eigentlich gar nicht so beliebt unter den Leuten war, weil man von ihr sagte, dass sie eine böse Hexe sei, um Kräuter von ihr zu holen. Er glaubte, dass vielleicht diese Kräuter etwas gegen die wütende Pest ausrichten konnte. Doch als Tage später eben diese Agathe von der Pest getötet wurde, ließ er seine Frau und seinen Sohn nicht mehr aus dem Haus. Nur er ging mutterseelenallein in den Wald, um Holz für den Ofen zu besorgen.

Auch an jenem regnerischen Sonntag lief er schon früh zeitig los, um beizeiten wieder zurück zu sein. Der Regen peitschte ihm ins Gesicht und er war sich auf einmal gar nicht mehr so sicher, ob er an diesem Tag die schwere Arbeit bewältigen könnte. Auch fühlte er sich schwach und so kam es, wie es kommen musste: Kraftlos und außer Atem fiel er auf das feuchte Moos zwischen den Bäumen. Auf seiner Haut zeichneten sich die verhängnisvollen Umrisse schwarzer Pestbeulen ab und es schien, als wenn auch er vom Schwarzen Tod ins Jenseits befördert worden sei. Plötzlich erschien ein alter Mann, den bisher noch niemand je zu Gesicht bekommen hatte. Es musste wohl ein Fremder aus der Stadt sein, der sich in diesen Wäldern verirrt zu haben schien. Als er Claudius am Boden liegend erblickte, beugte er sich zu ihm herab und sprach ganz leise zu ihm:

Sieh, nun hat er dich geholt
Der Allmächtige ist hier
Doch du bleibst nicht lange dort
Komm zurück zu diesem Ort
So, wies Gott für dich gewollt

Kaum hatte er das gesprochen, holte er aus seinem grauen Jutesack einen Laib Brot hervor und brach ein Stückchen davon ab. Das kleine Stück Brot gab er Claudius, der es nahm und aß. Es dauerte gar nicht lange, da spürte Claudius, wie die Kraft in ihn zurückkehrte. Eine ganz neue, überwältigende Stärke begann in seinem Leib zu pulsieren und das Leben kehrte in ihn zurück. Als er endlich aus eigener Kraft aufstehen konnte, war der Fremde verschwunden. Claudius suchte ihn im Wald, doch die Bäume standen so dicht, dass er ihn nirgends entdecken konnte. Dafür fand er das Brot, von welchem er ein Stückchen gegessen hatte und er nahm es an sich. Noch einmal schaute er sich um, sah zum Himmel hinauf und flüsterte ein: Dankeschön. Mit Tränen in den Augen lief er nach Hause, denn er wollte an diesem Tag kein

Holz mehr schlagen, wollte nach seinen Lieben schauen, weil er sich sehr um sie sorgte. Auch wollte er seine Geschichte den anderen erzählen, doch als er Zuhause eintraf, musste er mit Schrecken feststellen, dass auch seine Familie vom Schwarzen Tod befallen war. Wie tot lagen sie in ihren Betten und röchelten nur noch. In ihren Gesichtern hatten sich schwarze Pestbeulen ausgebreitet und Claudius wusste im ersten Moment nicht, was er tun sollte. Aber dann holte er den Leib Brot hervor und brach für jeden ein kleines Stückchen davon ab. Und kaum hatten seine Frau und sein Sohn das Brot gegessen, wurden sie wieder gesund. Schon bald war alles wie vorher und alle fühlten sich gut. Es war auch noch genug Brot für die Bewohner des Dorfes da, die allesamt von der Pest bedroht wurden. Und es war einfach unfassbar, aber das kleine Dorf war das Einzige, in welchem sich die Pest nicht weiter auszubreiten vermochte.

Niemals wurde das je erwähnt, denn als die Bewohner Jahre später fortzogen, gab es das Dorf nicht mehr. Doch in den alten Sagen, die man sich in Frankfurt und der Umgebung manchmal erzählt, spricht man noch heute von dem sagenhaften Fremden, der ein Brot hatte, welches die Bürger vor der Pest rettete. Ja, und manchmal glaubt man, aus der Ferne sogar eine seltsame Stimme zu hören, die ein leises Liedchen singt:

Sieh, er hat euch nicht geholt
Der Allmächtige ist fort
Alles ist, wies immer war
Sonne scheint so hell und klar
So, wies Gott für euch gewollt

Seltsame Begegnung

ark war auf einer regennassen Landstraße hinter seiner Heimatstadt unterwegs, als plötzlich sein Wagen streikte. Das Auto war schon ziemlich alt und so wunderte sich Mark auch nicht, dass es so abrupt geschah. Er ließ den Wagen ausrollen und lenkte ihn in eine Waldschneise hinein. Gleich würde er wohl, wie jedes Mal, wenn das geschah, den Abschleppdienst anrufen, um den Wagen in die Werkstatt bringen zu lassen. Die Ruhe hier draußen jedoch war beeindruckend und wirklich sehr erholsam, und so wartete er mit dem Anruf noch ein kleines bisschen. Nur das leise Geräusch der herabrieselnden Regentropfen kräuselte sich durch die Stille. Vorsichtig stieg Mark aus dem Wagen und atmete tief durch. Die würzige Luft tat wirklich gut und der Regen wusch die Sorgen des Alltags einfach weg. Trotz dieser Stille beschäftigte ihn ein recht folgenschweres Problem: Wie sollte es mit dem Wagen überhaupt weitergehen, wenn er doch andauernd kaputt war? Musste er sich am Ende ein neues Auto kaufen, soviel Geld hatte er doch gar nicht? Nachdenklich öffnete er die Motorhaube und schaute ungläubig auf die darunter liegenden Apparaturen. Allerdings verstand er gar nichts von Motoren und so klappte er die Haube kurzerhand wieder zu. Als er sich zurück in den Wagen gesetzt hatte, fiel ihm etwas Sonderbares auf. Auf dem Weg zwischen den Bäumen schien ein Fahrradfahrer unterwegs zu sein. Mark wunderte sich, denn wer radelte so langsam durch den Regen, immerhin waren die Waldwege seicht und voller Pfützen. Doch als das Fahrrad näherkam, blieb Mark beinahe das Herze stehen. Denn auf dem Fahrrad saß niemand. Es war überdies ein ziemlich verrosteter Rahmen, und es war schon ein großes Wunder, dass dieses Fahrrad überhaupt noch fahren konnte. Doch, wie konnte das überhaupt möglich sein, wenn gar keiner das Fahrrad lenkte und in die Pedale trat? Mehrmals wischte sich Mark die Augen, doch das Fahrrad ohne den Fahrer blieb-es war real. Kurz vor dem Auto blieb es stehen und fiel auch nicht um. Und nun bemerkte Mark, dass das merkwürdige Rad einige Zentimeter über dem Boden schwebte. Erschrocken verriegelte er die Wagentüren und glaubte, einem bösen Zauber zu unterliegen, vielleicht war es auch ein Fluch? Nur, wo blieb dann die Person, die sich mit dem vermeintlichen Fluch verband? Es wurde jedoch noch mysteriöser, denn das alte rostige Fahrrad veränderte stetig seine Farbe. War es eben noch dunkelbraun, schien es nun gelblich und schließlich sogar feuerrot zu sein. Wie war so etwas nur möglich? Plötzlich knackte es laut! Es musste aus dem Motorraum kommen, aber wie konnte das angehen, der Motor war doch ausgeschaltet? Mark hatte das eigenartige Gefühl, in einem seiner Albträume zu sein, aber alles war so real und wirklich, dass es wiederum kein Traum zu sein schien. Ein Fahrrad, welches ohne einen Fahrer unterwegs war, hatte er wirklich noch nie zuvor gesehen. Endlich hörte das Knacken aus dem Motor wieder auf, und das Fahrrad drehte sich plötzlich abrupt um seine Achse und fuhr rasch davon. Schon bald war es zwischen den dichten Bäumen des Waldes verschwunden und Mark konnte es nicht mehr sehen. Als er den Wagen startete, staunte er nicht schlecht, denn der Motor sprang sofort an und es schien, als wenn er ruhiger und besser lief als vorhin. Wie konnte das nur sein, wenn es doch ein Motorschaden war, den er sogar schon kannte? Der Wagen schien tatsächlich in Ordnung zu sein und Mark konnte losfahren. Schnell fuhr er in die Stadt, wo er den Wagen sofort zu seiner Werkstatt brachte. Dort zeigte man sich erstaunt, denn der Motor war vollkommen in Ordnung. Der Werkstattleiter zeigte sich sogar verwundert, weil der Motor nagelneu war. Nur Mark, der konnte das nicht verstehen und fuhr schließlich nachdenklich nach Hause. Sollte vielleicht dieses gespenstische Fahrrad ohne Fahrer, aber das war doch unmöglich! Mark wollte das einfach nicht wahrhaben und fuhr noch einmal zu der Stelle am Waldrand, wo er dieses sonderbare Fahrrad gesehen hatte. Doch diesmal wartete er vergebens. Weder ein Fahrrad ohne Fahrer war zu sehen noch eines mit Fahrer, nichts. Nur der Regen hatte aufgehört und die Sonne lachte vom Himmel, als sei gar nichts gewesen. Deswegen stieg Mark aus und ging ein wenig spazieren. Wie er so durch den Wald lief, bemerkte er plötzlich ein rostiges Schild, welches an einem Baum angebracht war. Darauf war ein Name zu lesen und ein kleines Kreuz, welches man unter dem Namen eingraviert hatte. Kein Zweifel, irgendjemand musste hier wohl zu Tode gekommen sein. Er merkte sich den Namen und erkundigte sich wenig später in der Stadt nach dieser fremden Person. In einem kleinen Zeitungsladen, wo er seinen Lottoschein immer abgab, wusste man, um wen es sich handelte. Die alte Dame, die an der Kasse stand, zeigte sich sehr auskunftsfreudig und sprach mit düsterer Stimme: „Ach ja, der alte Jo! Ja, den kenn ich! Der ist vor zwanzig Jahren im Wald verunglückt, als er mit seinem Fahrrad unterwegs war. Bei einem Gewittersturm wurde er von einem Baumstamm erschlagen. Jede Hilfe kam zu spät. Er war KFZ-Mechaniker von Beruf und es heißt, dass er noch heute dort oben im Wald umherspukt, um liegen gebliebenen Autofahrern zu helfen."

Geister

Über Stock und über Steine
Fliegen sie gen Mitternacht
Es sind große
Und auch kleine
Und sie mögen Wasser,
Weine
Geister, die schon lang auf Wacht

Sie bestimmen alles Leben
Und den Tod,
Der Irgendwo
Und sie nehmen
Und sie geben
Ja, sie können Wolken weben
Sie sind traurig und auch froh

In verlassenen Ruinen
Hört man ihren stummen Ton
Balde emsig wie die Bienen
Zwischen Phlox und Balsaminen
Schau nur,
Schau
Sie kommen schon

Doch die Nacht ist bald zu Ende
Aller Geisterzauber flieht
Durch die Räume
Durch die Wände
Bis hinaus ins Waldgelände
Nun verklingt ihr Geisterlied

Feuerwehreinsatz

ie Liste der furchtbaren Brände in einem ziemlich weitflächigen Stadtviertel von Los Angeles gab der Polizei zu denken, denn man vermutete Brandstiftung. Doch immer, wenn sich die Beamten dem vermeintlichen Brandstifter schon dicht auf den Fersen zu sein glaubten, verschwand der im Nirgendwo, und hinterließ nichts weiter als ein paar mit Benzin gefüllte Flaschen. Selbst die mutigen Feuerwehrmänner wussten sich keinen Rat mehr, obwohl sie meist die Ersten am Brandort waren. Der kleine Johnny liebte es, zusammen mit seinem Papa John, der bei der Feuerwehr Los Angeles arbeitete, ab und zu unterwegs sein zu dürfen. Obwohl seine Mami das nicht gern sah, es ihm neuerdings sogar verbat, stahl sich der kleine Frechdachs heimlich aus dem Haus und versteckte sich auf der Rücksitzbank von Papas Wagen. Irgendwie gelang es ihm immer wieder, bei den Einsätzen der Feuerwehr dabei zu sein, und sein Papa drückte beide Augen zu, obwohl die Mami immer schimpfte. Denn Papas Motto war ein geheimnisvoller Spruch seines Vaters, den er sich immer sagte, wenn es gefährlich wurde: „Wenn du mal in Not bist, dann denke an die Familie, an deine Mama und an deinen Papa. Sie haben niemals aufgegeben, und das kannst du auch. Die Kraft zum Kämpfen wirst du in dir selbst finden!"
Es war an einem heißen Julimorgen. Wieder wurde die Feuerwehr zu einem Großbrand in einem Hochhaus gerufen. Und wieder schlich sich Johnny heimlich aus dem Haus, um sich im Auto seines Papas zu verstecken. Als John mit seinem Sohn, von dem er ja nicht wusste, dass er mit im Wagen saß, am Brandort eintraf, waren schon etliche Feuerwehrleute im Ein-

satz. Diesmal jedoch schien es beinahe so, dass man das lodernde Feuer nicht unter Kontrolle bringen konnte. Die Wasseranschlüsse reichten einfach nicht aus und zwei Hydranten waren defekt, hätten längst ausgetauscht werden müssen. Johnnys Neugierde wuchs und wuchs und irgendwann hielt den kleinen Jungen einfach nichts mehr im Auto seines Papas. Er wartete ab, bis die Luft rein war, und schob sich dann unbemerkt aus dem Wagen. Vorsichtig schlich er sich zum Hintereingang des Hauses und versicherte sich immer wieder, dass ihn auch wirklich niemand sah. Im Keller des Hauses schien alles ruhig, wenn man mal von den brennenden Stoff- und Papierfetzen absah, die vom aufkommenden Wind durch die Luft gewirbelt wurden. Von oben drangen leise Rufe an Johnnys Ohren. Es hörte sich an, als ob ein Kind um Hilfe rief. Johnny überlegte kurz – sollte er wirklich nach oben gehen, um der Person zu helfen? Würde er sich nicht selbst in große Gefahr begeben, ja vielleicht sogar umkommen in den wütenden Flammen? Das Gute an der Sache war, dass der Rauch noch nicht bis hier unten durchgedrungen war, weil er sich den kürzeren Weg durch die Fenster und nach oben suchte. Trotzdem, er könnte selbst zum Opfer werden, und wenn sein Papa das bemerkte, nicht auszudenken! Das Rufen aus einer der oberen Etagen wurde immer leiser und verstummte schließlich ganz. Johnny wurde klar, dass er sich entscheiden musste. Er entschied sich, und zwar für die Rettung der in Not geratenen Person! An einem quietschenden Wasserhahn, der lose an der Kellerwand angebracht war, tränkte er seine Jacke und hielt sie vor sein Gesicht. Dann stieg er die Stufen hinauf. In den oberen Etagen gab es praktisch keine Sicht mehr, und das hektische Treiben, die Rettungsarbeiten der Feuerwehr, liefen auf

Hochtouren. Noch hatte man den kleinen Johnny nicht entdeckt, und noch konnte er wieder zurück. Aber er wollte es nicht, lief einfach weiter die Stufen nach oben, obwohl seine Augen vom dichten Rauch zu brennen begannen. Auf einem langen Flur blieb er stehen. Von hier mussten die Rufe gekommen sein, denn ab und zu vernahm er noch ein leises Röcheln. Am anderen Ende des Ganges allerdings schlugen die Flammen bereits aus dem Fahrstuhlschacht. Johnny wusste, dass er sich beeilen musste, wenn er die fremde Person retten wollte. Und so schlug er mit seinen Fäusten heftig gegen die Tür, von welcher er annahm, dass sich dahinter die betreffende Person aufhielt. Immer wieder rief er laut, fragte, ob es der Person gut ginge. Doch er erhielt keine Antwort. Als er es endlich geschafft hatte, die Tür aufzubrechen, schlugen riesige Flammen aus einem der Untergeschosse durch die zerbrochenen Fenster auf dem Flur. Johnny rannte in die noch unversehrte Wohnung, aber wo befand sich die Person? Endlich entdeckte er sie! Es war ein kleines Mädchen – etwa so alt, wie er selbst – es lag auf dem Fußboden, und rührte sich nicht. Als Johnny die Flammen vor den Fenstern züngeln sah, wurde ihm schlagartig klar, dass er keine Zeit mehr hatte. Er konnte niemanden um Hilfe rufen; er musste selbst handeln! Plötzlich erinnerte er sich an die Worte, die sein Papa stets zu ihm gesagt hatte: „Wenn du mal in Not bist, dann denke an die Familie, an deine Mama und an deinen Papa. Sie haben niemals aufgegeben, und das kannst du auch. Die Kraft zum Kämpfen wirst du in dir selbst finden!" Und der tapfere Johnny sprach leise diese Worte vor sich hin und spürte plötzlich, wie er aus sich herauswuchs. Er fühlte die Kraft in seinen Armen und in seinem gesamten Körper. Und als die Flammen wie scharfe glühend heiße Dolche durch die Fenster drangen und alles im Raum entzündeten, umfasste er das Mädchen mit seinen Armen und schleifte es hinaus auf den Flur. Er zog es bis zum hinteren Treppenhaus und stand auf einmal vor einer anderen, nicht minder schlimmen Feuerwand, die sich ihm drohend in den Weg stellte. War nun alles aus? Würden er und das Mädchen nun verbrennen? Wieder sprach er die Worte seines Papas und dachte ganz fest daran, dass er es schaffen würde. Und so presste er seine fürchterlich juckenden Augen zusammen, schob sich unter das Mädchen und trug es auf seinen Schultern durch die Flammen hindurch. Den beiden geschah nichts, und gerade noch rechtzeitig schaffte es der mutige Junge, mit seiner schweren Last auf dem Rücken die Treppen bis zum Keller hinunter zu gelangen. Mit letzter Kraft erreichte er die kleine Wiese hinterm Haus und legte das Mädchen vorsichtig dort ab. Unterdessen war einer der Sanitäter auf Johnnys Einsatz aufmerksam geworden und eilte schnellstens herbei. Johnny meinte, dass er selbst keine Hilfe brauchte, und rannte ohne weitere Erklärungen davon. Das Mädchen konnte gerettet werden und kam schnell wieder zu sich. Johnny aber hatte sich hinter einem winzigen wackeligen Schuppen versteckt und wartete nur darauf, endlich ungesehen zum Auto zurück zu gelangen. Da bemerkte er einen schwarz gekleideten unbekannten Mann, der nicht weit entfernt an einem Baum lehnte und das Geschehen rund um den Häuserbrand genau zu beobachten schien. Johnny war hell genug, um zu ahnen, wer dieser sonderbare Unbekannte war; denn wer versteckte sich schon tatenlos hinter einem Baum und half nicht? Das konnte nur der Brandstifter selbst sein! Gerade kicherte der Fremde und wollte davonlaufen, da stieß Johnny vor lauter Schreck gegen ein morsches Brett, welches vermutlich den gesamten Schuppen abstützte. Das Brett fiel um und der Schuppen krachte zusammen! Allerdings fiel die Bretterbude so unglücklich zur Seite, dass sie dem Fremden regelrecht den Fluchtweg versperrte. Die zerbrochenen Holzlatten krachten polternd auf die Straße und eines davon auf den Kopf des Fremden. Der brach hilflos zusammen und rührte sich nicht mehr. Durch den Krawall allerdings waren wiederum einige der Feuerwehrmänner aufmerksam geworden. Schleunigst eilten sie zum Ort des Geschehens und Johnny hatte Mühe, sich ungesehen zum Auto seines Papas zu flüchten. So gut hatte es der Fremde nicht. Denn als man die Holzbretter, von denen er bedeckt wurde, entfernte, entdeckte man nicht nur ihn. Man fand auch noch mehrere mit Benzin gefüllte Flaschen und war sich sicher, den lang gesuchten Brandstifter endlich gefunden zu haben. Er wurde der herbeieilenden Polizei übergeben und Johnny gelang es, unbemerkt ins heimatliche Auto zu kriechen. Allerdings tat ihm jeder einzelne Knochen weh, und er wusste noch gar nicht, wie er all das seinem Papa erklären sollte. Wie er so nachdachte, fielen ihm schließlich die Augen zu. Sein beherzter Rettungs-Einsatz war so anstrengend, dass er einfach einschlief. Es war sein Papa, der ihn weckte. Der kleine Junge erschrak sich tüchtig, fühlte sich ertappt und wusste im ersten Moment nicht, was er sagen sollte. Doch als er seinem Papa ins Gesicht schaute, war der gar nicht böse. Im Gegenteil, er lachte und meinte, dass es gut war, dass sein kleiner Sohn eingeschlafen war. Johnny wollte schon fragen, wieso der Papa nicht schimpfte, denn immerhin war er ja in das brennende Haus geschlichen, obwohl er die Gefahr kannte. Doch als er verstohlen an sich herunterblickte, wunderte er sich. Denn er saß zwar noch immer in Papas Wagen, aber seine Hände, ja sogar seine gesamte Kleidung war sauber und nichts deutete darauf hin, dass er in dem brennenden Hause war, um jemanden zu retten. Eine merkwürdige, wenngleich unschöne Vermutung machte sich in ihm breit, möglicherweise hatte er ja das alles nur geträumt? Traurig wollte er schon die Augen wieder schließen, um einfach weiter zu schlafen, da berichtete ihm der Papa, dass keiner im Haus zu Schaden gekommen war. Und dann meinte er noch: „Den Brandstifter haben wir endlich gefasst! Er lag unter einer eingestürzten Bretterbude. Weis der Kuckuck, warum die ausgerechnet in diesem Moment zusammengefallen war. Aber das Allerschönste ist, dass ein kleines Mädchen gerettet werden konnte. Man hatte es auf der Wiese gleich hinterm Haus gefunden. Irgendjemand musste es aus dem brennenden Gebäude getragen haben, denn es war noch immer ohnmächtig."

Erkenntnis

tan war ein gefragter Musiker. Jahrelang war er auf Tournee und kannte bereits die ganze Welt. Wenn er dann an seinem Klavier saß und die Tasten mit seinen empfindsamen Fingern berührte, schien es ihm, als berührte er damit seine Seele. Als Kind hatte er immer davon geträumt, sich selbst besser kennen zu lernen. Doch erst als er das Klavierspiel für sich entdeckte, wusste er, wie es möglich war, diese Tür aufzustoßen. Die Tür zu seiner Seele. Und diesen magischen Moment, wenn er den ersten Ton mit seinem Klavier erzeugte, genoss er immer wieder aufs Neue. Überall auf dieser großen weiten Welt hatte er seine Fans. Fanclubs bildeten sich und alle wollten ihn sehen, mit ihm sprechen. Er wurde in dutzende Talkshows eingeladen und wenn er doch einmal Zeit für sich hatte, dann las er in seinen Büchern. Doch immer seltener kam es dazu, denn wenn er erschöpft von seinen Konzerten ins Hotelzimmer kam, wollte er nur noch schlafen. Und das möglichst lange und tief. So verwandelte sich sein Leben immer mehr in eine öffentliche Veranstaltung. Anfangs liebte er diesen Medienrummel und sonnte sich in seinem Ruhm. Doch nach Jahren ruhelosen Lebens keimte in ihm immer öfter der Wunsch, sich von der Medienwelt wieder zurück zu ziehen. Leider war das kaum mehr möglich, denn zu viele Termine hatte er und er war über viele Jahre hinaus restlos ausgebucht. An jenem Abend, an welchem er wieder einmal die Stunden in einer der großen Konzerthallen dieser Welt mit seinem wundervollen Klavierspiel veredelte, spürte er, wie eine bis dahin niemals zuvor gekannte Leere in ihm aufstieg. Er fühlte einfach nichts mehr und als er die Tasten berührte, war da keine Spannung mehr und keine Seele.

Er war jedoch so professionell, dass es wohl keinem auffiel. Nur ein seltsam gekleideter alter Mann, der im Publikum saß, schien sich zu wundern. Nachdenklich saß er in der dritten Reihe und schaute zu Stan am Klavier. Und Stan schien die Blicke zu bemerken, zu spüren. Er wirkte ein wenig verunsichert und nervös. Als das Kontert beendet war, der tosende Applaus verklungen war, rannte Stan in den Saal. Vielleicht konnte er den Fremden ja noch sehen und vielleicht sogar sprechen. Doch der war, wie die meisten anderen Zuschauer längst fort. Niedergeschlagen trottete er in seine Garderobe zurück. Sein Manager brachte ihm die unzähligen Blumensträuße, die er vor und auf der Bühne eingesammelt hatte. Er stellte sie in einen großen Sektkühler und erkundigte sich nach Stans Befinden. Als Stan lächelnd bemerkte, dass er sich großartig fühlte, ging der Manager noch einmal die Termine des nächsten Tages mit ihm durch. Schließlich verabschiedeten sich die beiden und Stan lief noch ein wenig durch die nächtliche Großstadt. Er wollte abschalten, auf andere Gedanken kommen. Er spürte diesen Geruch von Zigaretten und Bier. Es roch nach Freiheit und nach Abenteuer. Eine gewisse Spannung lag in der Luft. Eine Spannung, die aufforderte, noch etwas Verrücktes zu erleben. Die Großstadt bot dutzende Möglichkeiten, sich in irgendeiner Bar am Rande der Zeit die Stunden zu versüßen. Stan kannte das alles zur Genüge. Und er wollte es nicht. Er wollte auch nicht in sein Hotelzimmer, denn dort warteten lediglich die Einsamkeit und die Eintönigkeit auf ihn. Er wollte nichts mehr von Terminen und Konzerten, die noch anstanden, wissen. Er wollte nur ganz allein für sich sein. Er wusste nicht einmal, was er wirklich wollte, schaute sich die bunten flirrenden und blinkenden Leuchtreklamen an. Junge Leute zogen durch die Straßenschluchten und suchten das Abenteuer. Von irgendwoher drang laute Musik an seine Ohren. Autosirenen vermischten sich mit der nächtlichen Geschäftigkeit der Stadt. Über eine schmale Gasse gelangte er an einen breiten Fluss. Dort wurde es etwas ruhiger. Er atmete tief ein und hielt die Luft sekundenlang an. Wirre Gedanken kamen ihm in den Sinn: „Was wäre, wenn ich jetzt tot bin, einfach nicht mehr da wäre? Würde sich die Welt dann noch weiterdrehen? So ganz ohne mich?" Und als hätte jemand diese Frage verstanden, stand ein alter Mann hinter ihm und sagte leise: „Natürlich würde sie das tun!" Stand fuhr herum, erschrak aber nicht. Denn es war der alte Mann, der ihm bereits bei seinem Konzert im Zuschauerraum aufgefallen war. Lächelnd schaute er Stan mitten ins Gesicht und schien wohl fragen zu wollen: „Was hast Du denn gedacht, was die Welt ohne Dich anfangen würde?" Stan fragte ihn, woher er gewusst habe, was er gerade gedacht hatte. Dabei warf er seinen Kopf herum und stierte gelangweilt in den dunklen schwarzen Fluss. Der Fremde holte tief Luft und sagte dann: „Das war nicht schwer zu erraten. Was denkt ein erfolgreicher Mann, der an einem einsamen Fluss mitten in der Nacht herumläuft? Sucht er etwa das pralle Leben, dort am Fluss? Wohl eher nicht!" Stan fand die Antwort gut und setzte sich auf einen herumliegenden Stein. „Ich bin so leer", sagte er dann, „weißt Du, was ich machen kann? Ich fühle mich nicht mehr wohl und jeder Tag in der Öffentlichkeit wird zur Last. Es ist zwar so wunderschön, dass mich die Menschen lieben. Doch ist diese Liebe nicht auch erdrückend? Kann ich nicht einfach raus? Ich will doch nicht immer geliebt werden. Ich habe manchmal das Gefühl, einfach davonzurennen, zu fliehen aus dieser Wirklichkeit. Bin ich vielleicht nicht mehr normal, dass ich so denke? Was soll ein Bettler sagen, der mich so reden hört?" Der Fremde schwieg eine Weile, und die Stille war beinahe gespenstisch, ja sogar Angst einflößend. Aber vielleicht wusste der Fremde auch gar keinen Ausweg? Doch dann sagte er: „Niemand wird Dir da raushelfen. Nur Du selbst. Du hast es einst so gewollt und Du hast es auch jetzt in der Hand, es zu steuern. Denn niemand anders als Du selbst bestimmt, was aus Deinem Leben wird und wie es weitergehen wird. Der Erfolg ist ja auch nicht von allein gekommen. Du hast ihn geschaffen, Du ganz allein. Und nun fragst Du plötzlich einen wildfremden, wie Du weitermachen sollst? Ist das fair? Schiebst Du nicht einfach Deine Sorgen und die Verantwortung auf einen Fremden ab?" Stan schaute noch immer in den düster dahin strömenden Fluss. Mit einer solchen Antwort hatte er wahrlich nicht gerechnet. Hier unten, wo es so einsam war, wo nur der Mond ihn beobachtete, hier unten am Fluss bekam er einen Spiegel vorgehalten. „Was soll ich Deiner Meinung nach machen", fragte er den Fremden und sein Ton wurde etwas härter und zickiger. „Jahrelang habe ich gekämpft und geackert und hatte so viel Freude bei der Arbeit. Ich habe mein Klavier und meine Musik so sehr geliebt und jetzt? Ich bin so tot und Du sagst mir, ich kann das nur selbst ändern? Ja, wie sollte ich das denn tun? Da hast Du wohl auch kein Rezept, was?" „Ach", stöhnte der Fremde laut, „wenn wir einmal nicht mehr weiterwissen und unser tolles Leben ins Stocken gerät, dann jammern wir und wollen so die Aufmerksamkeit anderer auf uns lenken. Nur deswegen, weil wir zu feige sind, etwas zu tun. Nein mein lieber, das kann Dir niemand abnehmen. Nicht ich und auch kein anderer. Doch einen Rat kann ich Dir geben. Verlagere Deine Sehnsüchte und Deine Träume nicht zu weit nach oben. Bleibe realistisch und freue Dich, dass Du so gesund sein darfst. Während sehr viele andere Menschen schwere Krankheiten ertragen müssen, nicht sehen dürfen oder an medizinische Geräte angeschlossen sind, darfst Du Dich Deinen Träumen und Deinen Tränen hingeben. Du darfst diese wundervolle Welt sehen und die Vögel am Morgen singen hören. Schau, wie am Morgen die Sonne lacht und selbst wenn es regnet, freue Dich, dass Du ihn erleben kannst. Das kann nicht jeder. Weißt Du, das Leben besteht nicht nur aus Konzerten, aus Terminen und noch mehr Erfolg. Es besteht vor allem aus dem Leben selbst. Und Du bist derjenige, der es allein gestalten darf. Freu Dich doch, dass es so ist. Und wenn Dir so ist, dass Du nicht mehr in der Öffentlichkeit arbeiten willst, warum tust Du es dann noch? Warte nicht so lange, ändere Dein Leben. Aber wisse darum, dass Du der Macher bist und nicht der, der es Dir rät. Und fürchte Dich nicht. Denn Du bist stark und wirst es schaffen, weil Du einen starken Willen hast. Also, ran an den Speck und nicht so viel herumgejammert!" Der Fremde lief ans Ufer des Flusses und spielte mit dem Wasser. Dann rief er laut: „Schau, das ist das Leben! Dieses Wasser, aus dem wir alle gekommen sind. Das Wasser fragt nicht, es fließt und fließt und fließt. Und es weiß genau, wie es zu fließen hat. Es ist nicht ins Stocken geraten so wie Du. Mann, Junge, Du lebst! Freu Dich dran!" Stan stand auf und lief ebenfalls zum Ufer. Er hielt seine Hände ins kühle Wasser und spürte, wie sich das erfrischende Nass zwischen seinen Fingern hindurchschlängelte. Nichts schien es aufzuhalten. Es fand immer seinen Weg. Und es war so einfach. Ohne langes Gerede suchte sich das Wasser den besten Weg und plätscherte dabei so munter dahin, dass es eine Freude war, ihm zuzusehen. Es war so mutig, so konsequent und musste nicht nachdenken. Nein, es tat, was es immer tat, es floss! Plötzlich ertönte lautes Hundebellen. Stan drehte sich um und entdeckte zwei Männer, die mit einem Hund unterwegs waren. Sie unterhielten sich angeregt und hatten wohl eine Menge Spaß dabei, denn immer wieder mussten sie lachen. Stan wollte noch etwas zu dem Fremden sagen, doch der war plötzlich nicht mehr da. Nirgendwo am Ufer konnte er ihn entdecken. Die beiden Männer liefen an Stan vorbei und fragten ihn, ob er Lust hätte, mit ihnen noch auf ein Bier in eine Kneipe zu gehen. Und Stan schaute noch einmal zum Fluss hinunter, sah, wie sich im Wasser das Licht des Mondes spiegelte und sagte schließlich laut und klar verständlich: „Ja, ich komme mit!"

Die Geldbörse

orman lebte allein in einem winzigen Haus. Er hatte keinen Job und verdingte sich in Hollywood als Gelegenheitsarbeiter in der Hoffnung, eines Tages als Schauspieler entdeckt zu werden. Leider ließ dieser Erfolg auf sich warten und das Geld wurde knapper und knapper. So fuhr er an den Wochenenden zu seinen Eltern, die in San Jose lebten und verlebte doch einige Tage, wo es ihm an nichts mangelte. Immer wieder hatten ihm die Eltern gesagt, nicht allein zu bleiben, vielleicht doch wieder nach San Jose zurück zu kommen. Hier gab es Arbeit und Geld und außerdem war das Leben zu zweit besser, angenehmer und auch sicherer. Immerhin war dann stets jemand vor Ort, wenn es dem anderen so schlecht ging, dass er keine Hilfe mehr holen konnte. Norman aber schlug all die guten Hinweise in den Wind. Er war noch jung und mit seinen gerademal zwanzig Jahren wollte er sich nicht binden. Er hatte sogar Albträume, als biederer Familienvater am Abend mit Frau und Kind vorm Fernseher mit einer Flasche Bier in der Hand. Nein, so sollte es wirklich niemals enden. Und so hoffte er einfach weiter auf den Traumjob, der doch nie kam.

An einem schönen Sommerwochenende allerdings schien alles anders. Diesmal sollte er nicht zu den Eltern kommen, weil sie ihn aufsuchen wollten. Sie wollten sehen, ob er sich wirklich wohlfühlte in seinem kleinen Häuschen und seine Mutter erwog heimlich, ein bisschen sauber zu machen und vielleicht die Wäsche zu waschen. Außerdem wollte sie ihm den Kühlschrank mal wieder richtig auffüllen, denn sie wusste genau, dass er das bitternötig hatte. Das Wochenende war wirklich sehr erholsam und die Eltern waren vollauf zufrieden, weil ihr Sohn eine saubere

Wohnung hatte und sich auch sonst große Mühe gab, ein anständiges Leben zu führen. Als sie sich am Sonntagabend wieder verabschiedeten, war die Jane, Normans Mutter sehr traurig. Aus irgendeinem Grund schien etwas auf ihrer Seele zu liegen und ihre Augen wurden feucht wie der Morgentau auf den Wiesen. Sie konnte sich einfach nicht von ihrem Sohne trennen und sie konnte sich das alles gar nicht erklären. Als sich der Wagen in Bewegung setzte, öffnete sie noch einmal die Scheibe und winkte Norman lange zu. Doch als er in der Dunkelheit verschwand wurde sie noch trauriger. Ihre Schwermut schien beinahe grenzenlos und sie konnte es sich selbst nicht erklären, was es war. Sie sprach mit Bill, ihrem Ehemann und der versuchte, sie zu beruhigen. Allerdings wunderte auch er sich über die vermeintliche Unruhe seiner Frau. Schließlich konnte er nicht mehr weiterfahren, bog in eine kleine Schneise am Straßenrand und hielt den Wagen an. Die beiden Eheleute sprachen lange miteinander und liefen sogar ein kleines Stückchen durch den angrenzenden Wald. Als sie zum Wagen zurückkehrten, bemerkte Jane, dass irgendetwas auf der Rückbank lag. Als sie nachschaute, stutzte sie – es war Normas Geldbörse. Wie kam die nur hierher, Norman hatte doch gar nicht im Wagen gesessen. Wie konnte das nur sein? Nervös holte sie ihr Mobiltelefon aus der Tasche und rief bei ihrem Sohn an. Aber sie hatte keinen Erfolg. Obwohl sie wusste, dass Norman oft lange wach blieb, ging er doch nicht an sein Handy. Das fand sie sehr sonderbar und das ungewisse Gefühl schien sie beinahe auffressen zu wollen. Die Luft wurde ihr knapp und schließlich rief sie laut: „Komm, lass uns noch einmal zurückfahren! Da stimmt was nicht, ich spüre es genau!" Bill rollte mit den Augen, konnte er sich doch nicht vorstellen, dass sein erwachsener Sohn nicht mannsgenug sein sollte, seine Geldbörse vielleicht in den nächsten Tagen selbst abzuholen. Immerhin war ja nichts drin, was er hätte dringend gebrauchen können, leider auch kein Geld. Jane allerdings bestand auf der Rückfahrt und so kehrten sie kurzerhand um. Als sie bei Normans Haus eintrafen war alles dunkel und nichts deutete darauf hin, dass irgendetwas nicht stimmen sollte. Dennoch war Jane voller Angst und Panik und stürmte wenig später ins Haus. Und da sah sie das Unglück: Ihr Sohn lag bewusstlos am Boden und die Zimmer waren verwüstet. Bill rief schnellstens die Polizei, während sich Jane um ihren Sohn kümmerte. Der kam rasch wieder zu sich und es war ihm glücklicherweise auch nicht viel passiert. Schon nach wenigen Minuten ging es ihm wieder besser und die rasch eintreffende Polizei konnte wenig später auch die beiden Diebe fassen. Jane weinte und versprach, bis zum nächsten Tag zu bleiben. Und dann sagte sie mit bebender Stimme: „Hätte ich nicht deine Geldbörse auf der Rückbank des Wagens entdeckt, wären wir weitergefahren, nicht auszudenken, was dann geschehen wäre!" Norman, der schon wieder lächelte, stutzte ein wenig. „Meine Geldbörse, wieso", stieß er erstaunt hervor und dann zog er seine Geldbörse aus der Hosentasche hervor, wo er sie stets aufbewahrte. Die Mutter war starr vor Schreck und Bill schüttelte ungläubig mit seinem Kopf. Wie war das nur möglich? Als er kurz darauf zum Wagen lief, um nachzusehen, konnte er es selbst nicht glauben! Normans Geldbörse, die eben noch auf dem Rücksitz lag, war nicht mehr da. Nachdenklich lief er ins Haus zurück, war jedoch froh, dass alles so gekommen war. Auf diese schier unfassbare Weise konnten sie ihrem geliebten Sohn zu Hilfe kommen, als er sie so dringend brauchte. Für Norman jedoch war dieser Vorfall ein Wink des Schicksals. Er sah ein, dass es wohl nichts brachte, auf diesem verlorenen Posten auf das große Glück zu warten, welches in Form einer Superrolle einer Filmgesellschaft daherkam. Er verkaufte schnellstens sein Haus und zog nach San Jose zu seinen Eltern, wo er schließlich Arbeit, eine kleine Wohnung und sein Glück in Form einer eigenen Familie fand.

Irgendwo in Amerika

s war einmal in San Francisco, so um die Weihnachtszeit. Ken lebte seit vielen Jahren in dieser riesigen aufregenden Stadt und fuhr seinen Bus immer die gleiche Strecke vom „Marina Boulevard" zur „Hayes Street" und natürlich auch wieder zurück. Er war recht zufrieden mit seinem Job, doch mit Vollendung seines 55. Geburtstages schien ihn irgendetwas zu beschäftigen. Seit Jahr und Tag musste er allein durchs Leben gehen. Schon im Kindesalter hatten ihn seine Eltern in ein Heim gegeben und die rechte Frau wollte sich später auch nicht finden. Die Jahre kamen und sie gingen und sein Bus fuhr immer die gleiche Strecke, hin und wieder zurück. Eines Nachts hatte es ganz unerwartet zu schneien begonnen. Eigentlich war das sehr selten in dieser Stadt, dennoch war es sehr schön. Ken hatte Nachtdienst und bestieg seinen Bus mit dem merkwürdigen Gedanken, dass sich in dieser Nacht noch irgendetwas ganz Außergewöhnliches ereignen würde. Er spürte es in seinem Herzen, doch er wusste nicht, was es sein konnte. Langsam tanzten die Flocken vom bedeckten dunklen Himmelszeit herab, und er fuhr los, um die Strecke von der „Hayes Street" zum „Marina Boulevard" wie immer nach Fahrgästen abzuklappern.

Als er schon einige Meter gefahren war, bemerkte er ein seltsames Geräusch. Es musste aus dem Motorraum seines Busses kommen und er hielt an. Da in dieser Nacht sonderbarerweise keine Fahrgäste im Bus saßen, hatte er auch kein schlechtes Gewissen, zu spät am Zielort einzutreffen. Dennoch war ihm das Ganze sehr unangenehm, denn noch nie hatte es einen solchen Zwischenfall gegeben und noch nie hatte er das Ziel zu spät erreicht. Weil ein kalter Wind in den

Bus drang, als er die Tür öffnete, zog er sich seine Jacke bis über die Ohren, rieb sich die Hände und sprang mit einem schwungvollen Satz hinunter auf die Straße. Er wollte den Motorblock kontrollieren, vielleicht sogar den möglichen Fehler beseitigen. Doch als er die breite Haube aufklappte, unter welcher sich der Motor befand, konnte er nichts Bedenkliches entdecken. Lange suchte er, bewaffnet nur mit seiner kleinen Taschenlampe, nach dem vermeintlichen Defekt. Doch er konnte einfach nichts finden. So klappte er die Haube eben wieder zu und wischte sich die mit Öl beschmierten Hände an einem Taschentuch ab. Gerade wollte er in den Bus zurücksteigen, da stand sie plötzlich vor ihm – eine dunkelhaarige, wunderschöne junge Frau. Ihre langen Haare wehten im Wind und die Schneeflocken benetzten wie kleine glitzernde Diamanten ihre zarten Wimpern. Dieses Wesen, welches wie aus einer anderen Welt zu kommen schien, lächelte recht verführerisch und schaute Ken lange tief in die Augen. Dann fragte sie den leicht irritierten, fröstelnden Busfahrer, ob der sie wohl ein Stück mitnehmen könnte. Ken schien ein wenig überfahren, doch er willigte ein. Er konnte es wirklich nicht übers Herz bringen, diese gutaussehende junge Frau einfach stehen zulassen, auch, wenn es seine Dienstvorschrift verbat, Leute kostenlos auf freier Strecke mitzunehmen.

Die junge Frau setzte sich ganz vorn in den ersten Sitz und war wohl erleichtert, dass Ken sich ihrer erbarmt hatte. Draußen aber frischte mehr und mehr der Wind auf, wurde schließlich zum Sturm, und der wild umherwirbelnde Schnee versperrte Ken schließlich die Sicht. Er konnte nicht losfahren und meinte, dass es wohl eine Weile dauern würde, bis er weiterfahren könnte. Die junge Frau schien nur darauf gewartet zu haben und erhob sich wieder von ihrem Sitz. Sie postierte sich neben Ken, der sich nervös am Lenkrad festhielt und dabei angestrengt aus dem Fenster schaute. „Ich heiße Kim", flüsterte die Schöne und Ken wusste gar nicht, was er vor lauter Verlegenheit anstellen sollte. Mal kratzte er sich hinterm Ohr, dann wieder auf der Stirn. Als er sich schließlich die frischen Schweißperlen von seiner heißen Stirn wischte, nannte auch er seinen Namen. Er wollte seine Nervosität ein wenig verbergen, schaffte es jedoch nicht so ganz, und das war ihm schon ziemlich peinlich. Die beiden unterhielten sich und fanden Gefallen aneinander. Der Blizzard jedoch ließ auf einmal wieder nach und Ken konnte endlich weiterfahren. Unterwegs jedoch begann der Bus immer stärker zu ruckeln und fing urplötzlich Feuer. Rasend schnell breiteten sich die Flammen im Fahrzeug aus. Ken wollte die Türen öffnen, doch die funktionierten bereits nicht mehr. Auch die Bremsen fielen aus und der Bus raste ungebremst auf eine Kreuzung zu. Währenddessen und zu allem Übel breitete sich nun auch noch dichter Qualm im Fahrzeug aus und das Licht verlosch.

Laut hustend und nach Luft ringend hielt sich Ken noch immer krampfhaft am Lenkrad fest, wollte wohl, dass er es nicht verriss und gegen eine Hausmauer am Straßenrand prallte. Er ahnte nicht, wie sinnlos das Ganze war, denn längst waren die Flammen aus dem Motorblock in das Innere des Busses eingedrungen und fraßen sich gierig durch die glücklicherweise menschenleeren Sitzreihen.

Plötzlich ergriff die junge Frau, die alles mit einer unerklärlichen Ruhe beobachtet hatte, die Initiative. Beherzt packte sie die Handbremse und zog mit aller Kraft daran. Offenbar half das und der Bus wurde langsamer, bis er endlich zum Stehen kam. Und es war wirklich kaum zu glauben, aber die eben noch vollkommen verklemmten Türen öffneten sich und die beiden einzigen Insassen sprangen laut hustend hinaus auf die Straße. Draußen war kein Mensch zu sehen – wie ausgestorben lag die Straße, ja sogar das gesamte Viertel vor ihnen. Auch die Flammen, die gerade eben noch den Bus von innen aufzufressen drohten, verloschen beinahe magisch und der Qualm zog rasch ab. Ken verstand nun überhaupt nichts mehr – was ging hier nur vor? Es grenzte an Zauberei, aber es war, als sei nie etwas gewesen, kein Motorschaden, kein Brand, kein Qualm, nichts!

„Wie in Gottes Namen hast du das nur geschafft", stammelte Ken und starrte Kim dabei entgeistert ins Gesicht. Die lächelte wieder so seltsam und meinte dann, dass sie nun gehen müsste. Und kaum hatte sie das verkündet, strich sie auch schon mit ihren kleinen Händen sanft und gutmütig über Kens Gesicht und verschwand schließlich in der Dunkelheit der Nacht.

Der total überraschte Ken versuchte angestrengt, irgendetwas zu erkennen, doch in der schmalen Seitenstraße, in welcher er sich befand, war kaum eine Straßenlaterne, die brannte. Im spärlichen Licht konnte er Kim nicht mehr sehen. Schnell stieg er in den Bus zurück und fuhr ins Depot, wo er das Fahrzeug abstellte und alles noch einmal genau untersuchte. Doch weder einen Motorschaden noch einen anderen Defekt konnte er entdecken. Auch gab es keinerlei Spuren des Brandes, sämtliche Sitzreihen waren in Ordnung und es roch nicht einmal mehr nach Qualm.

Ken verstand die Welt nicht mehr und legte ungläubig die Schlüssel des Busses in das Büro seines Chefs. Als er den Raum wieder verlassen wollte, stieß er ein wenig ungeschickt gegen einen Bücherstapel, der auf dem Schreibtisch neben ihm lag. Die fielen polternd

zu Boden. Umständlich bückte sich Ken, um die Bücher wieder aufzuheben. Dabei bemerkte er, dass es sich bei den Büchern um alte Chroniken des Busunternehmens handelte. Neugierig schlug er einen der Bände auf und blätterte interessiert darin. Dutzende alter vergilbter Fotos waren da zu sehen. Die darunter verzeichneten Jahreszahlen versetzen Ken ins Staunen. „Wie lange es den Betrieb doch schon gibt", flüsterte er leise vor sich hin. Ein Foto allerdings weckte sein besonderes Interesse. Es war ziemlich unscharf und zeigte eine junge Frau, die genauso gekleidet war wie Kim. Als er genauer hinschaute, stellte er verblüfft fest, dass es genau diese Kim war – seine wunderschöne, dunkelhaarige Kim, die er in jener sonderbaren Nacht kennengelernt hatte! Doch ein ausgeschnittener Zeitungsartikel unter dem Bild versetzte ihm den Schock seines Lebens! In dicken schwarzen Lettern stand da geschrieben: „Bus in Flammen! Fahrerin starb im Inferno!" Ken konnte es nicht glauben. Wie war das nur möglich? Sollte das wirklich Kim gewesen sein? Hatte ihm diese junge Frau, die eigentlich lange schon tot war, das Leben gerettet? Er verschwieg den schier unfassbaren Vorfall bei seinem Chef, wollte nicht, dass er verlacht oder gar aus der Firma entlassen wurde. Immerhin war nichts passiert und der Bus stand vollkommen intakt im Depot. Eine Woche später lernte er eine junge Frau kennen, die er schließlich auch heiratete. Kurz darauf kündigte er seinen Job und zog mit ihr nach New Jersey.
Warum er so plötzlich jedoch seine so sehr geliebte Arbeit aufgab und sein noch mehr geliebtes San Francisco verließ, wollte er seinem Chef nicht sagen. Denn die nette junge Frau hieß Kim, und sie war einst Busfahrerin in Kens Firma.

Tja, und wenn die beiden nicht gestorben sind, dann leben sie noch heute irgendwo in Amerika!

Motel

Es war eine endlos lange Reise, die Lisa an jenem verregneten Sonntagabend hinter sich hatte. Stundenlang war sie bereits auf dem Highway unterwegs und so langsam zog die Müdigkeit durch ihre traurige Seele. Sie hörte immer nur diesen einen Song, "Feelings", und die Tränen verwischen den Mittelstreifen auf der breiten Fahrbahn. Steve war einfach davongefahren. Warum nur dieser sinnlose Streit? Und warum war er nicht zu ihr zurückgekehrt, sie wollten doch ewig… Sie konnte einfach nicht mehr weiterdenken. Und sie wollte es auch nicht. Sie waren beide noch so jung und nichts sollte so schön bleiben, wie es angefangen hatte. Und nun fuhr sie diesen endlosen Weg zurück nach San Diego und wollte es doch überhaupt nicht. Irgendwann wurde es dunkel und sie wollte sich ein Motel suchen, um dort die Nacht zu verbringen. Zu müde und zu abgespannt fühlte sie sich nach diesem anstrengenden und so verlustreichen Tag. Sie sah den Mond, der wie ein Geist hell und geheimnisvoll in dieser unendlichen Dunkelheit über der Straße thronte. Sie fuhr die nächste Abfahrt raus und landete auf einer holprigen Straße, die scheinbar ins Nirgendwo führte. Langsam fuhr sie den besseren Feldweg entlang, um nach einem Motel zu suchen. Und schließlich erleuchteten die Scheinwerfer ihres Wagens das verwitterte Hinweisschild auf eine solche Herberge. Nach vier Meilen hatte sie das Motel erreicht. Düster lag es unter den niedrigen Bäumen und nichts deutete darauf hin, dass es bewohnt war. Sie stellte ihr Fahrzeug ab und ging hinein. Es war nicht sehr hell, doch gerade das war es, was sie in diesem Moment so dringend brauchte. Sie wollte nicht viel sehen und auch nichts weiter hören. Nur ihren MP3-Player hatte sie ihm Ohr und darin spielte ihr Lied „Feelings". Eine nette alte Dame erschien und meinte, dass noch fast alles frei sei. Sie übergab Lisa den Schlüssel für das Zimmer Nummer Sieben. Dabei lächelte sie so sonderbar, dass Lisa sich nicht traute, nach einem Essen zu fragen. Und immerhin hatte sie ja noch die beiden Würste, die sie im Hotel für sich und Steve gekauft hatte. Hundemüde lief sie in ihr Zimmer und staunte. Denn dort hatte man eine Flasche Sekt mit zwei Gläsern und zwei deftige Käseplatten auf den Tisch gestellt. Vermutlich war das ein Irrtum, denn Lisa hatte ja gar nicht nach einem Essen gefragt. Sie ging zurück an die kleine Rezeption, doch die alte Dame war nirgends zu sehen. Vermutlich hatte sie gerade etwas anderes zu tun und Lisa ging zurück in ihr Zimmer. Dort öffnete sie die Sektfalsche und schenkte sich das Glas voll, um es gleich darauf in einem Zug zu leeren. „Ach ja", stöhnte sie und lehnte sich zurück. Sie genoss den Sekt und hatte innerhalb weniger Minuten die halbe Flasche geleert. Die Käseplatte schmeckte ebenfalls ganz vorzüglich. So frisch gestärkt zog sie sich aus und ging unter die Dusche. Unterdessen war auch ein junger Mann im Motel eingetroffen. Und es grenzte an einen dummen Zufall, denn auch er bekam den Zimmerschlüssel mit der Nummer Sieben. Als er das Zimmer betrat, vernahm er zwar das plätschernde Geräusch der Dusche. Doch er erblickte auch die halbvolle Sektflasche und die andere Käseplatte und setzte sich sofort an den kleinen Holztisch. Er leerte die Flasche und machte sich gierig über die deftige Käseplatte her. Und weil er schon ein wenig angetrunken war, entkleidete auch er sich bis auf seinen Slip und ging ins Badezimmer. Gerade wollte Lisa aus dem Bad, da fiel ihr das Handtuch auf den Boden. Sie bückte sich, um es aufzuheben, da traf sie auf den jungen Mann, dem ebenfalls gerade ein Kleidungsstück aus der Hand gerutscht war. Mit dem Rücken stießen sie zusammen und erschraken fürchterlich. Als sie sich umdrehten, bekamen sie den Schock ihres Lebens. Vor Lisa stand Steve und der schüttelte fassungslos den Kopf, als er Lisa erblickte. „Wie kommst Du denn hier her", fragte er sie entgeistert. Und Lisa entgegnete ihm: „Na wie schon, mit dem Auto!" Und die beiden hielten es für eine Fügung, dass sie sich in dieser Nacht in diesem Motel am Rande der Zeit wieder getroffen hatten. Aller Streit und alle Wut schienen in weiter Ferne und die beiden fielen sich um den Hals, als hätten sie sich eben erst kennen gelernt. Sie küssten sich und fielen schließlich verliebt ins Bett. Sie verlebten eine wunderbare Liebesnacht. Und es war, als hätte es nie einen Streit zwischen ihnen gegeben. Kein Wort sprachen sie über die ihre heftige Auseinandersetzung, denn sie wussten plötzlich, dass sie zusammengehörten. Keiner konnte sie mehr trennen. Es brauchte erst dieses einsame winzige Motel, weit entfernt von daheim, um das zu erkennen. Als sie am nächsten Morgen erwachten, konnten sie noch immer nicht voneinander lassen. Immer wieder küssten sie sich und schworen sich, so etwas Dummes niemals wieder zu tun. Sie beschlossen, sobald sie daheim ankämen, zu heiraten. Schnell packten sie ihre Reisetaschen und Steve bezahlte das Zimmer. Beim Verlassen schauten sich die beiden noch einmal um und sahen die Nummer Sieben, wie sie groß und wie eine göttliche Fügung an der Tür stand. Diese Zahl schien magisch für sie zu sein. Es war auch ein Siebter, an welchem sie sich einst kennen gelernt hatten. Schließlich setzten sie sich in ihre Fahrzeuge und fuhren auf den Highway zurück. Lisa fuhr hinter Steve her und beide fühlten sich so wunderbar, wie lange nicht mehr. Plötzlich bemerkte Lisa, dass sie in der Aufregung ihre Armbanduhr im Zimmer liegengelassen hatte. Sie gab Steve Lichtzeichen und die beiden fuhren nach kurzer Absprache zum Motel zurück. Dort baten sie die verwunderte ältere Dame, noch einmal in Zimmer Nummer Sieben nachzusehen, ob die Uhr noch dort lag. Doch die Dame schaute sie nur misstrauisch an. Dann sagte sie: „Ein Zimmer mit der Nummer Sieben habe ich gar nicht. Bei mir geht es nur bis zur Nummer Sechs. Also da müssen Sie sich irren." Lisa schaute Steve irritiert an. Doch die Dame meinte es gut und so schauten alle zusammen noch einmal nach. Es gab tatsächlich nur sechs Zimmer auf dem Gang. Doch in keinem der leerstehenden Räume fand Lisa ihre Uhr. Enttäuscht wollten die beiden wieder abfahren. Da erzählte ihnen die Dame mit düsterer Stimme von einem Unfall, der sich einst in ihrem Motel ereignet hatte. Als sie das Motel übernommen hatte, gab es tatsächlich einmal sieben Zimmer. Doch ein verheerender Brand zerstörte das gesamte Gebäude. Es stellte sich heraus, dass das Feuer in Zimmer Sieben durch einen Kurzschluss in der Elektroleitung entstand. Dabei waren zwei junge Leute ums Leben gekommen. Als man deren Armbanduhren vollkommen verkohlt im Schutt fand, zeigten sie ziemlich genau „Sieben Uhr" an. Später, als das Motel neu errichtet wurde, verzichtete man auf das siebente Zimmer. Lisa und Steve beschlich ein seltsames Gefühl, als sie diese furchtbare Geschichte hörten. Steve ergriff Lisas Hand und hielt sie ganz fest und die alte Dame verabschiedete sich von den beiden und wünschte ihnen eine gute Fahrt. Zum Abschied gab sie ihnen noch eine Ansichtskarte des Motels mit auf den Weg. Und als die beiden das Motel verließen, entdeckte Lisa plötzlich ihre Armbanduhr.

Sie lag auf dem Parkplatz neben einem Stein. Sie hob die Uhr auf und kontrollierte sie, ob sie auch noch funktionierte. Doch als sie die verstaubte Uhr betrachtete, erschrak sie, denn die Uhr spielte plötzlich ein Lied: „Feelings". Und dann zeigte sie eine rätselhafte Zeit an: „Sieben Uhr".

Das Teufelshaus

amals lebte ich in einem sonderbaren Haus. Genauer, es waren zwanzig lange, viel zu lange Jahre, in welchem ich in diesem düsteren Hause ausharrte! Als ich einzog, zogen auch andere Leute ein, doch es war nicht die vertrauenerweckendste Klientel, die sich mir da offerierte. Ich jedoch wollte in dieses neu erbaute Haus – und ich wollte fröhlich sein mit meiner kleinen, neuen Mietwohnung. Schon damals spürte ich diesen seltsam kalten Hauch, der nachts durch das düstere Treppenhaus kroch. Ich dachte mir nie etwas dabei, doch als dann die erste Mieterin verstarb, kam ich ernsthaft ins Grübeln. Einer der Eigentümer, eine undurchsichtige hexenähnliche Mittvierzigerin, lebte damals ebenfalls in diesem Haus – sie wohnte im Erdgeschoss und erschien mir irgendwie unheimlich. Ja, es war irre, immer glaubte ich, dass diese zwielichtige Dame hinter all dem üblen Zauber steckte. Doch mittlerweile habe ich den starken Verdacht, das da vielmehr war, als ich mir das je eingestehen wollte. Und dieses unbequeme Gefühl schien auch andere Bewohner zu hegen. Schließlich kam es so, wie ich es mir bereits dachte: Die ersten Mieter hielten es nicht mehr aus! Wegen ewiger Streitigkeiten mit anderen Bewohnern und der mehr als fragwürdigen Hausverwaltung flohen diese Leute regelrecht! Ich hielt noch aus, doch auch für mich wurde die Lage immer schwieriger. Erst waren es durchstochene Autoreifen, dann gestohlene Briefe aus dem Kasten, sodass ich mir Postfächer anderswo zulegen musste, um meine Post auch weiterhin zu erhalten.

Später wurden meine Briefkastenschilder abgerissen und verrostete Eisenhaken aufs Auto geworfen.

Steckten da wirklich -nur- bösartige Nachbarn dahinter, die vor lauter Wut und Hass nicht mehr anders konnten, als mich davonekeln zu wollen? Wurden diese Leute vielleicht vom Hass getrieben, weil ich recht erfolgreich in meinem Beruf arbeitete? Oder war da vielleicht doch mehr, als ich es mir einzugestehen vermochte? Als die nächste Mieterin unter mysteriösen Umständen tot in der Wohnung aufgefunden wurde, dachte ich nur noch an Flucht – nichts wie weg aus diesem abscheulichen Teufelshaus! Doch es war ganz sonderbar, noch immer hielt ich durch, floh noch immer nicht, auch, wenn ich in einer anderen großen Stadt längst ein Zimmer hatte. Ich weiß nicht, was mich auf diesem unheiligen Fleckchen Erde noch hielt, was mich dort festklammerte? War es ein Fluch? Jedenfalls konnte ich eines nachts mal wieder nicht schlafen, weil mir so Vieles durch den Kopf ging. So zog ich mich kurzerhand an und verließ die Wohnung. Mein Auto stand wie gewohnt in der dunklen schmutzigen Tiefgarage, die der faule Hausverwalter, der auch nicht gerade die hellste Kerze am Baume schien, ebenso wenig gereinigt hatte, wie das muffige Treppenhaus. Das Licht war kaputt, es brannte nur eine lächerlich düstere Birne. Stinkend harrten die Mülltonnen vor den Luftschächten aus und ich schaute mich irritiert um. Hatte ich da nicht gerade ein sonderbares Geräusch vernommen? Mit zögernden Schritten bewegte ich mich zu meinem Fahrzeug. Es roch nach Schimmel und ein seltsam lauer Wind fächelte durch das schmiedeeiserne Gitter in das Innere der Garage. Es schien, als wollte sich jede Sekunde irgendetwas Furchtbares ereignen. Plötzlich knackte es laut und das Licht ging aus! Ich erschrak, verharrte einige Minuten, die zur Ewigkeit wurden, vor meiner Tiefgaragenbox. Sollte ich jetzt einsteigen – was, wenn jemand in der Garage war, der nichts Gutes im Sinn hatte? Ich wollte diesen abstrusen Gedanken nicht weiterdenken. Ganz vorsichtig und leise öffnete ich mit dem Autoschlüssel den Wagen. Es knackte, doch dann war es wieder still.

Plötzlich war da wieder dieser eiskalte Luftzug, der mich umschloss, der mich würgte wie ein Korsett. Mit meiner Hand tastete ich nach dem Griff der Autotür. Als ich ihn fand, öffnete ich flugs den Wagen und warf mich in den Autositz. Mit gehörigem Schwung knallte ich die Tür zu und wartete wieder ab. Dann aber sah ich etwas, das mir bis heute das Blut in den Adern gefrieren ließ: Zwei leuchtend rote Punkte schwebten wie bunte Kugeln durch die Garage und eine unheilvolle Stimme raunte in einem fort: „Du bist der Nächste! Du bist jetzt dran! Wenn du nicht aus-ziehst, dann geht es dir schlecht!"

Ich glaubte meinen Ohren nicht mehr trauen zu kön-nen – war das etwa die Stimme der dubiosen Eigen-tümerin aus dem Erdgeschoss? Es hörte sich wirklich so an, doch wieso schwebte sie durch die Garage – und – war sie das überhaupt? War sie am Ende ein böser Geist, der Teufel vielleicht? Ich wusste es nicht, startete den Wagen, schaltete mit bebenden Händen das Licht ein und raste durch das glücklicherweise sich schnell öffnende eiserne Gittertor aus der Garage! Ich fuhr und fuhr und wollte einfach nicht mehr an-halten – und es war erst 3:30 Uhr! Irgendwann hielt ich schließlich an und atmete erst einmal tief durch. Was war das nur – ich konnte mir das alles nicht er-klären. War das etwa der Teufel persönlich? Oder war das alles nur das Produkt meiner etwas wilden Fanta-sie? Das mussten vermutlich die letzten schrecklichen Jahre in diesem mysteriösen Horror-Haus sein, oder? Gegen Morgen kehrte ich in das Haus zurück und parkte irgendwo am Straßenrand. Die Tiefgarage wollte ich vorerst meiden, denn das fürchterliche Erlebnis der vergangenen Nacht hatte mich vollkommen irritiert. Ganz langsam wich die Verwirrung meiner alltäglichen Arbeitswut. Immerhin hatte ich von meinem Verlag neue Aufträge erhalten, die schon bald abzugeben waren.

Tage später bemerkte ich eine dunkle Nebelwolke, die über meinen Balkon jagte. Am darauffolgenden Wochenende starb die vermeintliche Wohnungseigentümerin. Irgendjemand sagte, man hätte einen Zettel gefunden, worauf gestanden haben soll: „Jetzt habe ich dich! Jetzt wirst du für alles bezahlen!"

Im Haus zog endlich Ruhe ein, doch ich hatte endgültig genug! Ich zog schnellstens fort, in eine weit entfernte Stadt, wo es mir seither besser geht, wo aller böser Zauber von mir wich.

Nur manchmal denke ich an die unselige Zeit in der Provinz zurück, an das Haus, wo der Teufel lebte.

Viele Jahre später las ich im Internet, dass ein Haus eingestürzt sei, nachdem große Risse in den Wänden bemerkt wurden. Als ich das Foto sah, erschrak ich fürchterlich: Es war jenes düstere Haus, aus dem ich einst vor dem Teufel geflohen und fortgezogen war!

Der Hochsitz

s war ein wunderschöner Wintertag. Es hatte geschneit und ich wollte unbedingt in den Wald, um ein bisschen durch die Natur zu wandern. Sehr oft ging ich in den Wald, besonders im Winter. Ich mochte diese weiß gepuderten Äste der Bäume und den Geruch nach Unbekanntem, nach Kälte und nach Ruhe. Auch an diesem Sonntag zog ich mich warm an und lief einfach los. Die Sonne erwärmte den Morgen ein kleines bisschen, und doch lag der Schnee recht hoch auf den Wegen, die durch den dichten Wald führten. Eine ganze Weile war ich unterwegs, da entdeckte ich einen Hochsitz. Einsam stand er zwischen den Bäumen und ich blieb stehen, um ein wenig zu verschnaufen. Mein Atem zeichnete kleine weiße Wölkchen in die Luft und ich überlegte, ob ich nicht einmal auf den Hochsitz klettern sollte. Noch nie zuvor hatte ich mir so etwas getraut und auch diesmal wusste ich nicht, ob ich es einfach tun sollte. Es war eine gewisse Angst, die mich noch zögern ließ, aber dann fasste ich mir ein Herz. Mutig und entschlossen erklomm ich die aus Baumstämmen gezimmerte wackelige Leiter und fand mich schließlich in einer kleinen hölzernen Kemenate wieder. Es duftete angenehm nach Tannen und nach Kiefernholz und die Aussicht aus dem schmalen Schlitz, der als Fenster diente, war einfach grandios. Eine ganze Weile stand ich am Ausguck und beobachtete die wunderschöne Natur. Es hatte zu schneien begonnen und es wurde ein wenig trübe. Da bemerkte ich zwischen den Bäumen einen dunkel gekleideten Mann. Mühsam stakste er durch das Unterholz und schien wohl ebenfalls zu meinem Hochsitz zu wollen. Mir wurde es heiß und kalt-was, wenn er mich hier erwischte? Am Ende war es der Förster und ich musste Strafe zahlen. Doch was dann geschah, konnte ich beinahe nicht glauben. Ein lauter Knall zerriss jäh die Ruhe und der Mann fiel zu Boden. Wie ein heftiger Blitz fuhr mir der Schreck durch die Glieder und mir wurde schlagartig klar, dass dies ein Schuss gewesen sein musste. Ängstlich wagte ich einen Blick nach draußen, starrte zu dem Mann, der leblos im Unterholz lag und bemerkte zur gleichen Zeit eine Person, die es ziemlich eilig zu haben schien. Ich wusste nicht genau, ob ich laut schreien oder mich sicherheitshalber verbergen sollte. Eine Weile wartete ich ab, dann kletterte ich flugs die Leiter nach unten und suchte nach dem Mann. Ich fand ihn schnell und rief mit meinem Handy einen Notarzt herbei. Glücklicherweise konnte der Mann gerettet werden, doch auf die Frage, wer ihm nach dem Leben trachtete, schwieg er beharrlich. Es war nichts aus ihm herauszubekommen und der ermittelnde Kommissar verzog genervt sein Gesicht. Ich erzählte ihm von meiner Beobachtung, von der unbekannten Person, die ich zufällig gesehen hatte und die vermutlich geschossen hatte. Der Kommissar schaute mich mit großen Augen an und erkundigte sich, ob ich den Fremden beschreiben könnte. Leider konnte ich es nicht. Dafür fand man in der Nähe des Fundortes des Angeschossenen ein Jagdgewehr, und es stellte sich heraus, das mit diesem Gewehr auf den Mann geschossen wurde. Mir erschloss sich zwar nicht so ganz, wieso der Täter die Waffe im Wald zurückgelassen hatte. Doch dann leuchtete mir ein, dass er wohl glaubte, die Polizei würde im dichten Unterholz das Gewehr nicht finden können.

Tage später ging es dem Mann, den ich gerettet hatte, schon merklich besser und wir trafen uns zu einem kleinen Gespräch. Dabei erzählte er mir, dass er gern und oft in den Wald ging und eigentlich nie Probleme hatte. Seit dieser Zeit trafen wir uns oft und gingen zusammen zu dem Hochsitz, um von dort den Wald und die Ruhe zu genießen. Ich erfuhr viel von ihm, von seiner Familie und seinen beiden Kindern, die er sehr liebte. Eines Tages brachte er sie sogar mit und wir wanderten gemeinsam den ganzen Tag durch den Wald. Dennoch ließ uns ein ungutes Gefühl nicht ganz sorglos durch die Natur ziehen. Immerhin war der Täter noch immer nicht gefunden und die Gefahr war noch immer nicht gebannt. Es war an einem heißen Sommertag, als wir mal wieder auf den Hochsitz stiegen. Da bemerkten wir eine junge Frau, die arglos durch den Wald wanderte. Nicht weit von ihr bemerkten wir eine dunkel gekleidete Person und ich erinnerte mich, dass auch an jenem Tag, an welchem mein Begleiter angeschossen wurde, eine solche Person durch den Wald gelaufen war. Immer näher kam die Person und wir stellten fest, dass es ein Mann war, der es wohl auf die junge Frau abgesehen hatte. Unvermittelt zog die Person einen Revolver aus der Jackentasche und verbarg sich hinter einem Baum. Wir wollten die junge warnen, riefen aus vollem Hals, doch sie konnte uns nicht hören. Plötzlich allerdings wendete sich das Blatt und wir konnten nicht glauben, was wir sahen. Aus dem Hochsitz zuckte ein greller Blitz wie ein Laserstrahl in Richtung des Fremden und schlug ihm den Revolver aus der Hand. Von der Wucht des Blitzes getroffen, fiel er sofort um. In Windeseile kletterten wir vom Hochsitz, rannten zu dem Schützen und überwältigten ihn. Schnell war der vollkommen Überrumpelte an einem dicken Baumstamm fixiert, denn im Hochsitz lag ein straffes Seil, welches wir dazu nutzten. Die junge Frau, die noch immer nicht verstand, worum es überhaupt ging, atmete erleichtert auf und wusste gar nicht, wie sie sich bedanken sollte. Als die Polizei eintraf, gestand der Fremde, dass er die junge Frau erschießen wollte. Es stellte sich heraus, dass es dessen Ehefrau war und er es schon einmal versucht hatte, damals, als mein Wanderbegleiter angeschossen wurde. Damals hatte er sich geirrt, weil er annahm, seine Frau würde durch den Wald laufen. Er wurde noch am selben Tag dem Haftrichter vorgeführt und eingesperrt. Woher der Blitz wirklich gekommen war, konnte nie ermittelt werden. Fest stand nur, dass der Hochsitz einst von einem alten Ranger errichtet worden war, der später von einem Fremden erschossen wurde. Der Täter konnte damals nicht ermittelt werden, doch es kam schließlich heraus, dass es unser Täter war, der einst den Ranger erschossen hatte.

Eine Kiezgeschichte

s war eine kalte verregnete Nacht. Die Red-Avenue am Ende des Kiezes lag in der schwarzen Dunkelheit und es war kurz nach Mitternacht. Conny und ihre Freundin Hazy waren wie fast jeden Abend dort unterwegs, um Geld zu verdienen. In dieser Nacht allerdings war es sehr schwierig, denn es wollte einfach kein Freier anbeißen. Vielleicht lag das an dem strömenden Regen oder es waren einfach zu wenig Leute unterwegs. Hazy hatte ihren Standplatz nicht sehr weit von Conny an einem kleinen Waldstück und die beiden versuchten, sich nicht aus den Augen zu verlieren. Denn gerade in der letzten Zeit häuften sich die kriminellen Übergriffe und es wurden bereits drei Prostituierte vermisst. Die Täter blieben meist unbekannt und im Dunkeln und die Zeiten waren hart, sehr hart. Gegen Zwei Uhr konnte Conny ihre Freundin nicht mehr sehen. Sie versuchte, Hazy auf dem Handy zu erreichen, doch es war vergeblich. Eigentlich hatten sie sich vereinbart, kurz anzurufen, wenn sie mit einem Kunden mitfuhren, damit der andere sah, dass alles in Ordnung war. Diesmal jedoch war alles anders. Hazy war verschwunden und Conny machte sich große Sorgen. Sie schaute sich nach allen Seiten um und lief durch den immer stärker werdenden Regen zu Hazys Standplatz. Doch dort war Hazy nicht. Nur ein großer schwarzer Vogel saß auf einem herunterhängenden Ast und gab seltsame Töne von sich. Conny gefiel die Situation absolut nicht und sie rief sofort die Polizei. Die kam auch recht schnell und der ermittelnde Kommissar versuchte, Conny zu beruhigen. Vielleicht hatte Hazy nur vergessen, sich bei ihrer Freundin zu melden. Doch Conny beteuerte, dass Hazy das noch nie vergessen hatte und es ihnen sehr wichtig war, dass der andere Bescheid wusste. Und natürlich dachte auch der Kommissar an die Möglichkeit, dass Hazy etwas Schlimmes zugestoßen sein könnte. Er schlug vor, Conny nach Hause zu fahren und sich weiterhin um die Suche nach Hazy zu kümmern. Vielleicht war sie ja auch nur mal kurz im Wald verschwunden, um einer Notdurft nachzukommen. Conny war einverstanden und der Kommissar fuhr sie nach Hause. Als er nochmals zum Wäldchen zurückkehrte, suchte er alles mit seiner Taschenlampe ab. Doch weder einen Hinweis auf Hazys Verschwinden noch eine heiße Spur auf ein Verbrechen fand er. Nichts. Es schien, als habe sich Hazy einfach in Luft aufgelöst. Conny war unterdessen im Treppenhaus ihres ziemlich heruntergekommenen Mietshauses unterwegs und stieg die knarrenden schmierigen Stufen nach oben in ihr kleines Appartement. Es war stockdunkel, weil die Hausverwaltung die defekten Glühbirnen nicht ausgewechselt hatte. Immer wieder stolperte Conny mit ihren hochhackigen Schuhen über Unrat und über die ausgetretenen wackeligen Stufen. Plötzlich vernahm sie das furchterregende Geschrei eines Tieres. Sie zuckte zusammen und presste sich vor Angst an die schmutzige feuchte Hauswand. Am Hausfenster, eine Treppe höher entdeckte sie den großen schwarzen Vogel aus dem Wäldchen. Er saß auf dem Fensterbrett und gab gellende Schreie von sich. Doch das war nicht mal das allerschlimmste. Der Vogel hatte feuerrote Augen, die unentwegt in ihre Richtung zu starren schienen. Conny wusste nicht, ob sie weiterlaufen oder aus dem Haus rennen sollte. Sie entschied sich, an dem Vogel vorbei zu rennen. Und sie nahm allen Mut zusammen und sprang die Stufen am Hausfenster vorüber bis zu ihrer Wohnungstür. Mit zitternden Händen schloss sie die Tür auf. Als sie in der Wohnung war, knallte sie die Tür hinter sich zu und schloss mehrmals ab. Stöhnend und am ganzen Leibe bebend lehnte sie sich gegen die Tür und musste das Erlebte erst einmal verarbeiten. Was war das nur für ein grässlicher Vogel? So etwas hatte sie ja noch nie zuvor gesehen. So schnell sie konnte schaltete sie das Licht in allen Räumen ein und ließ die Jalousien an den Fenstern herunter. Sie wollte unter keinen Umständen, dass der Vogel in ihre Wohnung schauen konnte. Er hatte so etwas Gruseliges an sich – sie konnte es sich einfach nicht erklären. Plötzlich vernahm sie ein Geräusch. Es kam von der Wohnungstür. Wie angewurzelt blieb sie stehen – es hörte sich an wie ein Kratzen. Langsam und leise schlich sie zur Tür und lauschte einige Sekunden. Immer wieder setzte das Kratzen ein und Conny schaute durch den Türspion, um irgendetwas zu erkennen. Draußen vor der Wohnungstür war es dunkel, nur ein leuchtend rotes Augenpaar stach durch die Dunkelheit. Conny erschrak sich fürchterlich und spürte, wie ihr das Herz beinahe aus der Brust sprang. Was konnte das nur sein? Der Teufel? Ein Geist vielleicht? Sollte sie die Polizei rufen? Aber was sollte sie den Beamten sagen? Dass ein Geist mit roten Augen an ihrer Wohnungstür kratzte? Das würde ihr keiner glauben. Immerhin war sie eine Prostituierte und außerdem ziemlich fertig mit ihren Nerven- vermutlich würden die Beamten nur an ihrem Geisteszustand zweifeln. Nein, sie musste das alles ertragen, aushalten und warten, bis es vorüber war. Doch es war nicht vorüber! Immer wieder hörte sie diese Geräusche und auf einmal musste sie weinen. Die ganze Verzweiflung der letzten Tage und Wochen kamen in ihr hoch und sie verfluchte die Tatsache, jemals als Prostituierte gearbeitet zu haben.

Sie hätte ihr Leben ändern müssen. Aber nun? Ihre beste Freundin Hazy war verschwunden und nun kam auch noch dieser böse Geist! Plötzlich hörte das Kratzen auf und Conny wollte schon erleichtert durchatmen. Da fiel der Strom aus und ein eiskalter Wind fegte durch die Räume. Conny blieb vor Schreck beinahe das Herz stehen. Was war das nun schon wieder? In diesem Augenblick befürchtete sie schon, diese Wohnung nie mehr lebendig verlassen zu können. Ihr wurde übel und die hätte sich am liebsten sofort übergeben. Doch da rief plötzlich jemand vor der Wohnungstür nach ihr: „Hallo Conny, bist Du daheim? Hallo, ich bin es Hazy." Conny glaubte zu träumen, aber es war tatsächlich die Stimme ihrer Freundin Hazy. Sie musste ihr wohl gefolgt sein und stand nun vor ihrer Tür. Aber warum hatte sie sich nicht schon eher bei ihr gemeldet. Conny war wie gelähmt und wollte die Tür öffnen. Irgendetwas hielt sie noch zurück. Vielleicht war das auch nur eine Falle? Doch wer sollte schon Hazys Stimme nachahmen, nur um in ihre Wohnung zu gelangen? Es gab doch nichts bei ihr zu holen. Außerdem, wer konnte schon Hazys Stimme nachahmen? Sie nahm all ihren Mut zusammen und öffnete die Tür. Da der Strom noch immer nicht zurück war, konnte sie nicht sehen, wer da vor ihrer Tür stand. Es war der schwarze Vogel, der panisch in die Wohnung flog. Conny schrie laut auf und rannte ins Wohnzimmer, um sich unterm Tisch zu verbergen. Doch da vernahm sie erneut Hazys Stimme: „Nicht wegrennen! Ich bin es, Hazy! Ich bin der Vogel. Der Leibhaftige hat mich in diesen Vogel verwandelt. Ich konnte ihm aber entkommen, habe bis zu Deiner Wohnung gefunden und nun ist er hinter mir her. Verriegele sofort die Tür!" Conny rannte aus dem Wohnzimmer, tastete sich zur Wohnungstür und wollte sie abschließen, doch dazu war bereits zu spät. Sie wusste, dass es tatsächlich Hazy war, die da in Vogelgestalt zu ihr geflogen war. Denn es war auch ihr Parfum, welches Conny bestens kannte und welches nun in der Wohnung schwebte. Sie wollte etwas zu Hazy sagen, doch da fuhr erneut ein eisigkalter Wind durch alle Räume und eine leuchtende Gestalt stand bedrohlich in der offenen Wohnungstür. Conny hatte sich an die Wand gepresst und wusste im ersten Moment nicht, was sie tun sollte. Wirre Gedanken flogen ihr durch den Kopf und sie sah sich schon von dem leuchtenden Unhold verfolgt. Doch da flüsterte Hazy, die dicht hinter ihr stand: „Überlege nicht lange, hole das Jesusbild mit dem Kreuz, welches an der Wand hängt. Halte es dem Satan entgegen, schnell!" Conny wusste, dass irgendwo das Bild hing, nur wie weit sie von dem Bild entfernt war, konnte sie in der Dunkelheit nicht abschätzen. Sie tastete die Wände ab und schlich sich Schritt für Schritt durch den Korridor. Der vermeintliche Satan stöhnte laut und kam langsam auf Conny zu. Doch die suchte verzweifelt nach dem Jesusbild. Endlich ertastete sie etwas, dass sich wie ein kleines Bild anfühlte. Vorsichtig nahm sie es von der Wand und konnte nicht erkennen, was es war. Ihr war schon alles egal und sie hielt es entschlossen dem Satan entgegen. Zunächst geschah nichts und die Gestalt bewegte sich noch immer auf Conny und den schwarzen Vogel zu. Doch plötzlich begann das Bild hell aufzublitzen. Der Satan schrie und wich entsetzt zurück. Schließlich zuckte ein greller Blitz auf den Satan nieder und verschlang ihn in einer grellen Stichflamme. Kau geschehen, schaltete sich auch schon das Licht wieder ein. Conny lehnte noch immer ängstlich an der Wand und hatte das Jesusbildchen in ihrer

Hand. Hinter ihr war allerdings kein Vogel mehr sondern Hazy. Sie schien wohl behalten zu sein und lächelte irritiert. Conny aber war der Schreck in die Glieder gefahren und sie musste sich erst einmal setzen. Hazy kam zu ihr und die beiden brauchten erst einmal eine Weile, um sich zu beruhigen. Solch ein unfassbares Erlebnis hatten sie wahrlich noch nie. Es dauerte eine knappe Stunde, die beiden jungen Frauen hatten sich schon einen starken Kaffee aufgebrüht und saßen erleichtert auf dem Sofa, da klingelte es an der Tür. Conny durchzuckte es und auch Hazy starrte zur Tür. Doch als Conny durch den Türspion schaute, sah sie den Kommissar davorstehen. Sie öffnete die Tür und bat den Kommissar herein. Der war recht guter Dinge und kam gleich mit einer frohen Botschaft. Man habe die vermissten drei Prostituierten gefunden. Sie kamen aus dem Waldstück gelaufen und faselten etwas von einem schwarzen Vogel, und von einem schwarz gekleideten Mann, der aussah wie der Satan. Conny schaute vielsagend zu ihrer Freundin und dann meinte der Kommissar, dass man den Täter finden konnte. Er lag leblos vor dem Wäldchen und die beiden sollten doch mitkommen. Vielleicht erkannten sie ihn ja. Als sie vor dem Wäldchen eintrafen, waren dort schon dutzende Polizeifahrzeuge mit blinkenden Lichtern. Conny und Hazy wurden an den leblosen Körper herangeführt und sie erkannten die Person sofort. Es war der Fremde, der hinter Hazy her war und in Connys Wohnung wollte. Er leuchtete jedoch nicht mehr wie in Connys Wohnungstür. Er war totenbleich und in einen langen schwarzen Mantel mit einer breiten Kapuze gehüllt. Doch das allermerkwürdigste war, dass auf seiner Stirn etwas eingebrannt war. Conny beugte sich herunter und erschrak! Es war das Bildnis von Jesus mit dem Kreuz!

Der Ring der Hoffnung

Es war die Zeit nach dem Tode seiner geliebten Ehefrau Jenny. Jeden Tag besuchte Peter ihr Grab auf dem kleinen Friedhof in Everly-Stokes. Weinend saß er an ihrem Grab und dachte an die vielen schönen Jahre, die sie gemeinsam hatten. Jenny hatte einfach alles, was man sich nur vorstellen konnte: ein liebevolles Gesicht, große Augen und eine faszinierende Art. Peter konnte nicht verstehen, dass das alles nun zu Ende war. Aber die Krankheit war stärker als sie und nun blieb ihm nur dieser naturbelassene kleine Stein mit dem eingravierten Namen. Er verfiel immer mehr und immer öfter kam er an diesen tränenreichen Ort, der sich schon tief in seinen Lebensrhythmus eingegraben hatte. Ben, der Friedhofsverwalter sprach mit ihm, fragte ihn, ob er Hilfe brauchte. Doch Peter winkte nur ab und sagte, dass ihm wohl niemand mehr helfen konnte. Und so trottete er eines Abends mal wieder den steinigen Weg von seiner winzigen Farm bis zu Jennys Grab. Er wünschte sich so sehr, dass seine Träume wahr würden und er Jenny wiedersehen könnte. Er würde ihr sogar ins Jenseits folgen, wenn er nur bei ihr sein dürfte. Als er sich auf den Baumstumpf neben Jennys Grab setzte, vernahm er plötzlich ihre Stimme: „Weine nicht, mein Liebster", sprach sie leise, „ich bin Dir so nah. Nie wirst Du allein sein, denn ich bin tief in Deinem Herzen. Doch schau, eine Stunde werde ich noch einmal für Dich da sein." Peter wischte sich die Tränen aus dem Gesicht und sah, wie Jenny in ihrer ganzen Schönheit lächelnd hinter dem Stein erwuchs. Lebensecht stand sie schließlich vor ihm und hatte Tränen in ihren wunderschönen Augen. Peter stand auf und umarmte sie. Die beiden küssten sich und es war, als sei Jenny nie von ihm gegangen. Gleichzeitig veränderte sich auch die Umwelt. Wie ein Fächer klappte die traurige Welt auf dem Friedhof zusammen und einer sich öffnenden Jalousie gleich breitete sich eine neue, sonnige Welt um die beiden aus. Peter konnte nicht fassen, was er da sah. Wie war nur all das möglich? Er wollte etwas sagen, doch Jenny legte ihren Finger auf seine Lippen und flüsterte: „Sag nichts. Genieße es nur." Und die beiden setzten sich in das frische duftende Gras und schauten sich unentwegt an. Ein lauer Wind wehte um sie herum und der azurblaue Himmel war wie eine unendliche Woge des Glücks, welche die beiden da überspannte. Peter wünschte sich, mit Jenny zusammen im Farmhaus zu sein und den Tag so ablaufen zu lassen, wie es früher immer war. Und so geschah es. Alles, was er sich wünschte, wurde wahr. Das Pferdegespann, die Farm, die Felder, und Jenny. Sie durchlebten noch einmal den gesamten Tag, den sie sonst auch erlebten. Und Peter fühlte sich so gut, wenngleich er immer wusste, dass es nur ein schöner Traum war. Aber vielleicht konnte er Jenny ja nun für immer behalten und dieser Traum endete nicht mehr. Doch obwohl Jenny lächelte und nichts ihre Freude über diesen wahr gewordenen Traum zu trüben vermochte, schien sie irgendetwas zu belasten. Als der Abend kam, wurde sie immer ernster und lächelte gar nicht mehr. Peter wusste nicht, wie er seine junge Frau noch aufmuntern konnte. Es gelang ihm einfach nicht und als es Mitternacht war, sagte sie: „Ich muss nun wieder fort. Wir hatten nur diesen einen wunderschönen Tag. Doch hier, nimm diesen Ring als Erinnerung an mich. Er wird Dir immer sagen, dass ich bei Dir bin. Er ist wie mein Herz, so klar und rein und so ehrlich und voller Liebe. Es ist der Ring der Hoffnung. Doch nun- Adieu mein Liebster." Vor Peters

Augen löste sie sich in Luft auf und nur der Ring in seinen Händen kündete von dem wundersamen Traum, den er soeben erleben durfte. Die schöne Landschaft, der gesamte Traum klappte wie ein Fächer in sich zusammen und Peter fand sich in der einsam traurigen Welt seiner tristen Wirklichkeiten wieder. Verzweifelt saß er an Jennys Grab und weinte bitterlich. Er hatte das Gefühl und den immer stärker werdenden Drang, seiner jungen Frau zu folgen. Dorthin, wo vielleicht alles besser war und wo die alten Träume wahr werden könnten. Dieses traurige Leben ohne Jenny hielt er einfach nicht mehr aus. So lief er den langen Weg bis zu einem Abhang. Dort ging es tief hinunter und unten war nichts als eine steinige Wüste. Er nahm den Ring und steckte ihn an seinen kleinen Finger.

Dann sprang er in die Tiefe. Doch als er so nach unten flog, flog auch sein bisheriges Leben wie ein Film an ihm vorüber. Er sah seine Kindheit, die Mutter und all die vielen Jahre, die er zu Hause in Pennsylvania verbrachte. Seine Mutter hatte ihm immer gesagt: „Junge, gebe niemals auf. Egal, wie schlimm es auch kommt. Meine Hoffnung wird dich überall begleiten." Und dann sah er Jenny, ihr Grab und wie er mit ihr zusammen diesen allerletzten Tag verbrachte. Er spürte die Wärme in seinem Herzen und in diesem Ring, den er an seinem Finger trug. Und er wusste, dass es nun vorbei wäre mit all dem Leben und er in den Tod hinab tauchen würde. Ob er dort wohl seine Jenny wiederfinden könnte? Er fiel und fiel und er wunderte sich schon, denn er hätte doch längst dort unten, auf den harten Felsen aufschlagen müssen. Aber es geschah nicht, denn er flog immer weiter. Und als er an seine Hand schaute, bemerkte er, dass der Ring an seinem Finger hell aufblitzte und wie ein strahlender

Stern am nächtlichen Firmament leuchtete. Er flog über das steinige Tal und fiel nicht auf all die spitzen Felsen. Er blieb am Leben und er hatte es längst bereut, sterben zu wollen. Und plötzlich, wie aus dem Nichts tauchte vor ihm ein kleiner Junge auf. Er mochte wohl so etwa sieben Jahre alt sein. Er stand blinzelnd vor ihm und erst jetzt bemerkte Peter, dass er gelandet war, auf der Blumenwiese hinter seinem Haus. Die hatte Jenny einst angelegt und der kleine Junge fragte ihn, ob er Jennys Mann sei. Peter nickte ungläubig und der Kleine meinte, dass er Jennys Sohn sei. Peter bekam einen gehörigen Schrecken. Er verstand nicht, was ihm der kleine Junge da gesagt hatte. Jenny hatte einen Sohn? Der kleine Mann beteuerte, die Wahrheit zu sagen und sprach: „Ja, ich bin Benji. Mutter wusste nicht, dass mich Vater mit sich genommen hatte. Doch er starb vor wenigen Tagen. Nun muss jemand anderes für mich sorgen. Du bist doch Jennys neuer Mann? Sorgst Du nun für mich?"
Peter starrte den Kleinen mit großen Augen an und konnte noch immer nicht glauben, was er da hörte. Jenny hatte also ein Kind, bevor sie ihn kennen gelernt hatte. Warum hatte sie nie etwas davon gesagt? Er nahm den Kleinen mit ins Haus und als Benji seine kleine Kinderhand hervorstreckte, bekam Peter den Schock seines Lebens. An Benjis kleinem Finger steckte genau der gleiche Ring, den er von Jenny in seinem Traum bekommen hatte. Er hielt seinen Ring dicht neben Benjis Ring. Und es gab nichts, was die beiden Ringe unterschied. Einer war immer schöner als der andere. Sie funkelten und blinkten, dass Peter fassungslos schwieg. Benji aber schien gar nicht von Jenny sprechen zu wollen, obwohl sie seine Mutter war. Und Peter erzählte ihm nicht, dass sie tot war und er tagtäglich zu ihr ans Grab ging. Er ging auch

nur noch dorthin, wenn Benji schlief. Der Kleine sollte nichts von Peters Trauer und Jennys Tod mitbekommen. Er zog Benji groß und die beiden wurden ein unerschütterliches Team. Zusammen erlebten sie all die vielen Abenteuer, die er mit Jenny nicht mehr erleben konnte. Und so vergingen die Jahre. Peters Trauer über seine Jenny wurde von Benjis Anwesenheit überlagert. Dennoch vergaß er seine Frau nicht. Er zog Benji jedoch groß, als sei er sein richtiger Vater. Da waren wieder so viel Liebe und so viel Kraft und auch Hoffnung in seinem einst so traurigen Haus. Und eines Tages nahm er Benji mit zu Jennys Grab. Doch der mittlerweile vierzehnjährige Junge wunderte sich gar nicht, dass seine Mutter tot war. Er schien wohl schon von ihrem damaligen Ableben gewusst zu haben. Als Peter Benji endlich daraufhin ansprach, entgegnete ihm der Junge: „Ich weiß, dass meine Mutter tot ist. Sie starb noch bevor ich mit meinem Vater verunglückte. Doch sie gab mir einst diesen wunderschönen Ring. Wer ihn besitzt, so meinte sie, wird niemals mehr einsam oder traurig sein. Denn es ist der Ring der Hoffnung und der Liebe." Peter konnte nicht fassen, was ihm Benji da sagte. Dieser Junge wusste also auch von dem Ring. Er zeigte Benji seinen Ring und die beiden waren glücklich, dass sie dieses Andenken an Jenny besaßen. Doch dann holte Benji eine alte Zeitung aus seinem Rucksack. Er schlug sie auf und gab sie Peter. Fassungslos las Peter den großen Artikel, unter dem Benjis Bild und das seines toten Vaters abgebildet war: „Bei einem schweren Autounfall auf dem Highway ist in den späten Nachtstunden ein Vater mit seinem kleinen Sohn tödlich verunglückt!"

Der Garten

isa liebte Pflanzen über alles. Erst kürzlich bezog sie ein kleines, einsam gelegenes Haus am Stadtrand von Los Angeles und legte sich einen ansehnlichen Garten zu. Dort konnte sie ihrer Liebe ungehindert nachgehen. Doch sie umgab ein sonderbares Geheimnis. Denn immer, wenn sie sich in einen Mann verliebte, dauerte es gar nicht lange, verschwand der Liebste auf Nimmerwiedersehen. Mrs. Glover, die ein stattliches Anwesen nicht weit von Lisas Haus besaß, schien sich als Lebensaufgabe die Beobachtung von Lisas Grundstück gesetzt zu haben. Da sie es überdrüssig war, die Millionen ihres vor zehn Jahren verstorbenen Ehemannes auszugeben, widmete sie sich ab sofort der Beobachtung von Lisas Grundstück. Und natürlich wunderte sie sich, dass sie dutzende junger Männer in Lisas Haus hineingehen sah, aber keinen einzigen wieder hinaus. Das fand sie schon sehr merkwürdig. Die schlimmsten Befürchtungen plagten sie und sie wusste nicht, ob sie zur Polizei gehen sollte oder nicht. Doch weil sie so eine Art Berufung in der Beobachtung des Hauses sah, wollte sie noch einige stichhaltige Beweise sichern. Eines Abends bemerkte sie, wie Lisa mal wieder von einem jungen Mann nach Hause gebracht wurde. Die beiden lachten und schienen eine Menge Spaß zu haben. Fröhlich tanzend sprangen sie ins Haus und Mrs. Glover holte ihr Nachtsichtgerät, um Genaueres sehen zu können. Doch es war einfach nichts Außergewöhnliches zu entdecken. Nur, dass sie den jungen Mann nie wiedersah. Dafür wurde der Garten hinter Lisas Haus immer stattlicher. Die wunderschönsten Bäume gediehen dort und Mrs. Glover wollte mehr über diese Bäume erfahren. Unter einem Vorwand sprach sie

Lisa an und interessierte sich scheinbar sehr für die Bäume im Garten. Lisa war es zwar gar nicht so recht, dass Mrs. Glover so hartnäckig nachfragte, doch sie ließ sich auf Mrs. Glovers Interesse ein und führte sie in den Garten. Solch wunderschöne Bäume hatte Mrs. Glover wahrlich noch nie zuvor gesehen. Es war eine Pracht und Mrs. Glover wollte natürlich mehr über die Gewächse erfahren. Sie hatte sich wohl zum Ziel gesetzt, Lisa auszufragen, aber Lisa schwieg und verriet nichts. Stattdessen komplimentierte sie die ein wenig verwirrte Mrs. Glover aus dem Haus. Die hatte nichts Eiligeres zu tun, als zur Lokalpresse zu gehen und von Lisas Garten zu schwärmen. Sie wollte damit erreichen, dass ein Reporter den Garten etwas näher unter die sprichwörtliche Lupe nahm. Doch das Ganze ging nach hinten los und der Journalist, mit dem sie sich unterhielt, wollte nichts von Lisas Garten wissen. Wer interessierte sich schon für harmlose Bäume und Pflanzen, denn die fraßen schließlich keine Menschen und waren viel zu unspektakulär. So musste Mrs. Glover wohl oder übel wieder nach Hause fahren. Doch ihre Neugierde war derart stark, dass sie sich wieder auf die Lauer legte. Wieder lief sie zu Lisas Grundstück und spähte den Garten aus. So bemerkte sie nicht, wie sich die Dunkelheit über die Gegend legte. Es wurde kalt und windig und Mrs. Glover fröstelte sehr. Sie wollte schon wieder nach Hause gehen, da vernahm sie ein seltsames Singen. Es kam aus Lisas Garten und als Mrs. Glover zwischen den dichten Hecken aufs Grundstück schaute, sah sie Lisa mit einem Kerzenleuchter in der Hand zwischen den Bäumen umher tanzen. Dabei sang sie in den hellsten Tönen. Doch was war das: Mrs. Glover glaubte, einer Sinnestäuschung zu unterliegen, die Bäume verwandelten sich in junge Männer. Zusammen mit

Lisa tanzten sie auf der Wiese und schienen sich recht zu amüsieren. Plötzlich schlug die ferne Kirchturmuhr zur Mitternacht. Die jungen Männer verwandelten sich in furchtbare Monster und Lisa schwebte wie ein leuchtender Geist über der grausigen Szene. Mrs. Glover fuhr die Angst in die Glieder, doch sie konnte sich nicht abwenden. Sie musste wissen, was in diesem Garten vor sich ging. Und so starrte sie ungehindert zu dem mysteriösen Treiben. Lisa hatte sich unterdessen in ein feuerspeiendes Ungetüm verwandelt und die Monster um sie herum sprangen im Rhythmus des Liedes, welches sie noch immer sang, auf und nieder. Was für ein furchterregendes Schauspiel. Es glich einem teuflischen Theaterstück, nur mit dem einen Unterschied, alles war real! Mrs. Glover musste sich am metallenen Gitter des Zaunes festhalten, um nicht in Ohnmacht zu fallen. Doch ihre Neugierde war grenzenlos. Schließlich war es Ein Uhr. Die Monster verwandelten sich wieder in Bäume und Lisa in die schöne junge Frau, die sie sonst immer war. Sie nahm den Kerzenleuchter, den sie auf der Wiese abgestellt hatte und schritt ins Haus zurück. Dann wurde es still. Auch Mrs. Glover ging nach Hause und wusste nicht, was sie nun tun sollte. Unmöglich konnte sie die Polizei informieren. Niemand würde ihr glauben. Da hatte sie eine Idee! In der Nähe befand sich ein Friedhof. Dort lief sie hin und entwendete von einem Grab ein hölzernes Kreuz. Sie nahm es an sich und schlich sich zu Lisas Grundstück. Durch ein Loch im Zaun gelangte sie auf die Wiese. Sie legte das Kreuz zwischen die Bäume und versteckte sich hinter einer hohen Hecke.

Doch als sie eine Weile ausgeharrt hatte und nichts passierte, holte sie das Kreuz wieder zurück. Sie fand es sehr komisch, dass das Kreuz nicht die erwünschte

Wirkung erbrachte und die bösen Geister vertrieb. Schnell brachte sie das Kreuz zum Friedhof zurück und überlegte, was sie sonst noch tun könnte. Doch so sehr sie sich auch ihren Kopf zerbrach, es fiel ihr einfach nichts ein! Und so legte sie sich ins Bett. Aber vor Nervosität konnte sie einfach nicht schlafen. Unruhig wälzte sie sich in ihrem Bett herum und plötzlich wusste sie, was sie zu tun hatte. Sie wollte Lisa zur Rede stellen. Was nutzten all die vielen Beobachtungen und die heimlichen Aktionen, wenn doch nichts dabei herauskäme. Vielleicht versteckte sich hinter all dem bösen Zauber etwas ganz anders? Gleich am nächsten Morgen und nachdem sie sich ein wenig frisch gemacht hatte, lief sie zu Lisa. Die öffnete ahnungslos die Tür und Mrs. Glover bat um ein Gespräch. Die beiden begaben sich in den Garten und setzten sich auf eine Bank zwischen den Bäumen. Mrs. Glover schaute sich argwöhnisch um. Was wäre, wenn sich die Monster wieder zeigten? Sie nahm all ihren Mut zusammen und äußerte ehrlich und ohne Umschweife ihr Anliegen. Als sie fertig war, schluchzte Lisa. Doch was sie dann sagte, konnte Mrs. Glover beinahe nicht glauben. Mit trauriger Miene hob Lisa zu sprechen an: „Ach wissen Sie. Sie sind so ehrlich, aber Sie können mir ja doch nicht helfen. Einst hatte ich meine Seele dem Teufel verschrieben, weil ich meinen Mann Jim, der schwer an Krebs erkrankt war, nicht verlieren wollte. Der Teufel kam und ich gab ihm mein Versprechen, dass sobald Jim wieder gesunden würde, meine Seele zur Verfügung stünde. So geschah es. Jim wurde gesund und der Teufel holte sich meine Seele. Doch er hatte gelogen. Als er in einer Wolke aus Schwefeldämpfen verschwand, verwandelte er Jim in einen Baum. Und jede Nacht, wenn die Uhr Zwölf zeigte, verwandelte er uns in bösartige

Monster, die ihm huldigen sollten. Und das schlimmste war, dass alle meine Liebsten, die ich später kennen lernte, das gleiche Schicksal ereilte." Mrs. Glover starrte fassungslos in Lisas Gesicht und bemerkte schockiert, dass nicht eine Träne über Lisas Wangen rollte. Sie wunderte sich darüber und sprach Lisa daraufhin an. Doch Lisa winkte nur ab und meinte, dass sie seit dem Erscheinen des Teufels nicht eine einzige Träne weinen konnte. Da wurde Mrs. Glover so traurig, dass sie selbst bitterlich zu weinen begann. Sie umarmte Lisa und dabei tropften Ihre Tränen auf Lisas Gesicht. Und es war unfassbar, aber Lisa konnte endlich wieder richtig weinen. Und die Schleusen öffneten sich wie riesige Tore. Lisa weinte und weinte und konnte sich einfach nicht mehr beruhigen. Der grausame Zauber schien langsam zu brechen und Lisas Tränen benetzten den Boden, sickerten ins Wurzelwerk all der vielen sonderbaren Bäume in ihrem Garten. Da geschah ein unglaubliches Wunder. Die Bäume verwandelten sich in junge gutaussehende Männer. Und unter all den vielen jungen Männern, die ihr Glück allesamt nicht fassen konnten, war auch Jim, Lisas Mann. Er fiel Lisa um den Hals und die Beiden weinten vor Glück. Der böse Zauber war gebrochen und an den Stellen, wo einst die vielen Bäume standen, gediehen die allerschönsten Blumen. Ein Duft von Frühling und Liebe zog durch den Garten und Mrs. Glover war heilfroh, dass sie Lisa auf diese so einfache Art und Weise helfen konnte. In Lisas Haus kehrte das Glück zurück und der Teufel schien für immer vertrieben. Eines Nachts, als Mrs. Glover wieder einmal schlecht schlafen konnte, war es ihr, als ob sie ein Geräusch hörte. Es musste ganz aus ihrer Nähe kommen. Und als sie ihre Augen aufschlug, stand ein sonderbares Wesen hinter der Gardine ihres

Schlafzimmerfensters. Vorsichtig schob sie sich aus ihrem Bett und bemerkte einen feuerroten Lichtschein, welcher zwischen den wehenden Gardinenschals hindurchschimmerte. Und das Lied war das gleiche, welches Lisa einst in ihrem Garten gesungen hatte. Ängstlich schlich Mrs. Glover zum Fenster, um nachzusehen, was es mit dem seltsamen Gesang und dem vermeintlichen Licht auf sich hatte. Da bemerkte sie etwas, dass am vergangenen Tag noch nicht da war. Es war ein riesiger, rot schimmernder Baum, der genau vor ihrem Fenster stand!